しん（目然の敵P）
Story:Jin Illustration:Shidu
插畫：しづ

KAGEROU DAZE 陽炎眩亂

3

-the children reason-

Kadokawa Fantastic Novels

CONTENTS

KONOHA的世界情勢 ———— 012

陽炎眩亂 01 ———— 016

CHILDREN RECORD 1 ———— 053

陽炎眩亂 02 ———— 084

CHILDREN RECORD 2 ———— 102

陽炎眩亂 03 ———— 138

賞月RECITAL ———— 164

陽炎眩亂 IV ———— 207

開演防災行政無線 ———— 212

KONOHA的世界情勢

彷彿塗了一層厚重顏料的藍天，貼著幾朵白雲。
會看起來很不真實，應該是因為我不承認那是真的吧。
陽光的強力照射把柏油路烤焦，熱空氣慢慢上升搖晃。
無論暑熱或是柏油路的氣味，我都無法感覺。

『應該發現了吧。你已經無法存在這邊。
在沒有女王的世界，你只是剩餘的殘渣。』

「啊啊，又是你啊。怎麼，你這麼愛自以為是嗎……」

這是對話嗎？或許該說是自言自語？

至少已經很久沒有像這樣溝通想法。

如果回到那邊，我會再次忘掉一切吧。

因為說話的速度比以前緩慢，不由得感到難堪。

整排行道樹的缺口，眼前的十字路口，表情空虛的少女搖搖晃晃走在行人穿越道上。

已經看過好幾遍這個景象了吧。目送好幾遍這個畫面了吧。

沒有例外地伸手。因為是輕鬆就能觸及的距離。

『沒有用的。這裡不是你的世界。已經是「他們」的世界。

正確來說，只要沒人發現，你什麼都不能做。』

號誌燈正在閃爍，少女完全沒有注意。

少女近在眼前。伸手就能擁抱的距離。

但是無論如何都觸摸不到。伸出去的手穿過少女，毫無觸感地撲空。

「為什麼……！」

「那個時刻」伴隨激動的低吼聲逼近眼前。

視野突然劇烈暈眩。像是原本的畫面突然發生錯誤。

低頭一看，我的身體不復存在。

『看來他似乎決定了。結束了。先是硬闖進來亂搞一通，最後卻還能存在，看樣子應該是你的能力。』

「……嗯，是你的能力吧？包括給我這麼強壯的身體。真是溫柔。」

『那只不過是你希望的身體。可別誤會了。好了，回去吧。』

「啊，那個。最後能讓我傳達一件事給那邊的我嗎？」

『什麼事？』

「××××××××××××」

『……我無法答應你。』

「那也沒關係。非常感謝你。」

這應該是盡頭吧，直到最後的最後，我還是這麼愚蠢。

啊啊，要是能再實現一個願望——

希望為教訓愚蠢的我的——

那個人……

陽炎眩亂 01

不知從哪裡傳來防災行政無線的童謠「滿天晚霞」。

連上一刻還湛藍透明的天空，也彷彿被這個旋律感染，慢慢染上橘黃色。

透過玻璃窗望向遠方群山，一如往常散發毫無趣味的莊嚴氣息。

公車一邊發出「喀嗟叩嗟！」的危險震動聲，一邊在崎嶇不平的道路顛簸行進，車上的乘客終於只剩下我一個人。

在不久前的公車站下車的同學，雖然不是特別親近的朋友，彷彿在配合最後總是孤獨一人的瞬間，傳來「滿天晚霞」的旋律，不管喜歡不喜歡，都挑動我內心的孤獨感。

為了找點事做而撕著從椅墊各處外露的海棉，同時眺望窗外風景。在不知道是什麼的農作物生長茂盛的田園背景，只有老舊電線杆有規律地橫過視野。

儘管不是十分排斥，但是不算是可以打發時間的好選擇。

如果這個時候能夠自由使用手機該有多好。

嘆了一口氣，閉上眼睛。

突然想起有一次在朋友家中的電視裡，看到都會電車車廂裡的畫面。

每個人都盯著觸控式手機，各自沉浸在獨自空間裡的詭異景象。

透過映像管看到那種畫面，足以讓鄉下小學生懷抱無限的憧憬。因為在城市裡，連與自己年齡差不多的小孩都能一隻手拿著手機到處跑。

和朋友出去玩時，一定也是用手機互相聯絡吧。晚上和有手機的朋友傳電子郵件或是講電話愉快交流，透過網路擁有共同的資訊，可以一起炒熱話題。

因為懷著這個憧憬，也曾在放學回家的路上，繞去附近的電器行。

在這個花錢的娛樂少得可憐的鄉下，過年收到的壓歲錢，也會不明所以地越存越多。

過去的自己就曾經握著微不足道的壓歲錢，得意洋洋踏進電器行喊「我要買手機！」，並對著搞不懂手機是什麼的老闆費盡脣舌解說。

理所當然買不到手機，反過來被老闆推銷有如骨董的電話，這或許可以當成為對人生有益的經驗。

不過。

現階段完全不需要人生經驗這種東西。

不需要那種東西，所以給我手機——又該對誰如此懇求呢？

例如對頑固的父母說出這種話，只會換來一句「你還早了二十年。」被關在家門外，被迫面對半夜出沒的野狗的恐懼吧。

這種空虛的生存遊戲當然敬謝不敏。即使想要瞞著父母購買，這裡根本買不到。

如果有機會去都市就好了，可惜沒有親戚住在都市，別說是歲末年初，甚至是接下來的中元節，應該都不會離開這個鄉下地方。

拜託別人轉讓給自己如何？

不，說起來，那是可以轉讓的玩意兒嗎？

關於手機，我頂多知道可以用來「通話」、「傳送電子郵件」、「上網」。

這也是起因於父母。

他們是當小孩子打算一個人看電視時，就會臭罵一頓的父母，彷彿在抵抗現代社會一樣。因為他們的關係，我跟不上周遭的話題，別說是流行，很多時候往往連理所當然的社會常識都不曉得。

不過手機是可以放進口袋的物品，應該不太容易被父母發現。

所以說是買到就贏了也不為過。

問題在於如何取得，目前手上的資訊嚴重缺乏。先向人打聽才是上策。

不過……

「如果能這麼做該有多好……」

在嘆息的同時吐露心事。

沒錯，是有能夠商量的人。

嚴格說起來，只是「有可能」，並非隨隨便便就能找她商量的人。

「朝比奈日和」是個非常難以親近、接觸的存在。

在這個鄉下地方，身為前三名富家千金小姐的她，從小就開始接觸鋼琴、花道、芭蕾等各種才藝，在舉辦什麼的發表會時，似乎都會定期前往都市。

而且雖然是從遠處，不過確實曾經看過她像是炫耀一樣拿著可愛手機把玩的模樣。那一定是在都市買的吧。就這一點而言，相信她是適合討論手機相關問題的對象。

不過這個問題早已有了解答。

最大的問題在於朝比奈日和超級善變，以及我對那樣的她超級迷戀這兩點。

「雖然是無趣的偏僻地方，不過有個唯一不輸世上任何地方的美妙之處。那就是這片土地，養育著朝比奈日和。」

某個同班同學在幾個星期前，想將寫了這種內容的情書交給朝比奈日和，卻被一句「噁心……」慘遭拒絕，就此悲慘升天。

的確很噁心，不過我可以理解。

話雖如此，不過朝比奈日和就是這麼可愛。不只比班上任何人都可愛，甚至遠遠超越雜誌或是海報上的童星。

深受男生歡迎不用說，人氣之高，街頭巷尾甚至流傳「這個村子的男生只要愛上朝比奈日和，就算是大人了」或是「隨便丟個石頭都能打中朝比奈的粉絲」的說法。

話雖如此，我也是徹底的朝比奈的粉絲……不，說是朝比奈中毒者也不誇張。「愛情度」、「信仰度」、「商品持有度（非官方）」等等，不管從什麼角度切入，我都有自信不會輸給一般的「即興朝比奈粉」。

一流的朝比奈粉，早上都起得很早。

清晨六點，起床第一件事就是向持有的「四十八項朝比奈商品」之一，同時也是「觸感輕柔的ＨＩＹＯＲＩ手編玩偶（自己作的）」微笑打招呼，吃早餐時一邊看著「朝比奈日和的行程表」，一邊計算「與朝比奈不期而遇的機率」。確認相遇機會最高的地方。

上學前從嚴選的「朝比奈日和集換式寫真卡」中挑選出特別中意的一張，小心翼翼收進月票保護套裡之後，面露微笑上學。

在校內隨時區分散布在空氣中的「朝比奈費洛蒙」（感覺因人而異，這種情形類似「好像有個香味」），假如真的發現她的身影，總是面帶笑容加以觀察。

就算運氣夠好能夠接近，也不能輕易打招呼。是不是真正的朝比奈粉差別就在這裡。

這種情形即興朝比奈粉會勉強對話，拚命藉由輕浮的語氣吸引她的注意，不過對朝比奈日和來說，那只會造成反效果。

今天早上咬牙切齒看著那種類型的男生向她接近，朝比奈不出所料使出成名絕技「噁心。擋路。」的一擊，漂亮ＫＯ對方。

在那之後，那名失意的男生似乎被朝比奈親衛隊當中特別激進的成員拖到體育館倉庫，至於那裡究竟發生什麼事，基於精神衛生，最好不要想像。

因此專業朝比奈粉不會做出如此踰矩的行為。遠遠看著她，把她的美當成上天的恩賜，作為明天生活的動力。也就是所謂的聖職。

從這點來看，置身在那種聖職的自己到底搞錯什麼，怎麼可以找朝比奈商量那麼無聊的問題。簡單來說就是這麼回事。請她為我做些什麼，是連想都不能想的事。

然而——

深藏在內心的邪念，經常在耳邊低語。

沒錯，隱藏在渴望手機之下的願望。

『……我想和朝比奈日和傳電子郵件。』

不，不只是電子郵件。也想和她講電話。搭公車上下學時不用說，更希望每天晚上交流誰也不知道的祕密。

「好想做……」

忍不住把壓抑已久的想法說出口。就算閉上雙眼緊握拳頭，仍然再次體會到那個夢想太過遙遠，並非如此瘦弱的手臂所能觸及。

「不，想做也沒關係，不過已經到了你要下車的地方。」

伴隨突如其來的一句話，思緒一口氣返回現實世界。

抬頭查看到底是誰在自己毫無防備的情形下開口，不出所料，面帶竊笑的司機以「看到有趣東西」的表情往下看。

還來不及思考，羞恥心瞬間沸騰。

「哇……不、不好意思！我要下車！」

就算再怎麼著急，先前的醜態也不會消失，不過還是忍不住慌張起身。話雖如此，下車時規定要出示月票，所以起身之後拖拖拉拉打開書包。

「呃，車票車票……咦？我收到哪裡了……不！我有帶啊？請等我一下……」

即使翻遍包包，確定早上有放進來的月票居然憑空消失。

「糟糕……放在家裡忘記帶嗎？應該不可能……」

出醜之後緊接著面對這種狀況。腦袋早已因為羞恥心一片空白。

「啊？這樣啊。只有一天沒關係。反正你每天都有確實給我看，沒有什麼好懷疑的。」

看不下去的司機拍拍我的頭露出微笑。一陣安心的風吹進我的心。

啊啊，司機先生是個大好人。不然因為「搭霸王車」被帶走也沒話好說，這個人的好心救了我一命。

「真、真的沒關係嗎？不好意思，明天我會確實帶來……」

「喔！不用在意不用在意。比起這個，小兄弟……」

不再摸頭的司機突然露出嚴肅的表情，眼睛閃耀光芒。

「咦？啊，是的，請問有什麼事？」

面對再次襲來的不安感，心臟不由得一縮。忘記帶月票的問題果然很嚴重……

「沒啦，你剛才小聲說句『好想做……』吧。叔叔還是小鬼時，也是每天都很想做。」

「非常謝謝您！再見！」

在司機結束討厭的誤解發言前，以脫兔一般的速度跑下公車。下了公車之後立刻在面前有屋頂的古老公車站右轉。

跑過夏季雜草叢生的人行道。

遠處傳來「小心啊〜〜」的聲音。那個大叔很危險。非常危險。雖然搞不懂是怎麼回事，不過確實很危險。必須趕快把他趕出記憶。

放慢速度挺起上半身，只見兩線道的遠方，微微變暗的群山慢慢吞沒太陽。

太陽下山的速度逐漸變慢了。

夜裡雖然還是有些涼意，不過這個時間殘留白天餘溫的空氣，讓人感覺夏天近了。

「今年的夏天要做什麼？記得去年一直在田裡幫忙。今年不想再去了……」

我已經困在這個鄉下地方十幾年。說到對夏天的印象，腦裡只會浮現酷熱的夏季、泥濘不堪的農事記憶。

「去什麼地方旅行……不可能吧。我又沒錢。不過……」

朝比奈日和肯定會去某個能夠享受美妙夏天的地方旅行吧。說不上是什麼原因，總覺得一定是這樣。

與自己居住的世界、立場，所有的一切都不一樣的她，長久以來一定都看著平凡的我無法想像的景色吧。

我很清楚，正因為這樣，才會忍不住憧憬她、迷戀她。

一邊遠眺沐浴在夕陽下，整個染成橘黃色的大片田地一邊想著這些事，看見位在廣大田地的對面，距離村落有些距離的小小自家，小煙囪冒出細煙的景象。

最後一次離開這個村子是什麼時候？想不起來就表示是很久以前的事吧。

然後明明是過了十幾年的人生，卻乏味到幾乎沒有什麼回憶。

下一次離開這個村子會是什麼時候？

突然想像與朝比奈日和搭乘電車，想著兩人要去哪裡，相視而笑的未來。

胸口一緊發出警告。因為自己無意識地明白那是「不可能的事」了。

「哪能為此就這麼輕易放棄……」

輕嘆一口氣，奔向不遠的歸途。

虛張聲勢的我，似乎聽到不知何處傳來的「開始慌了吧！」嘲笑聲。

＊

「還、還差一點……」

像是注入靈魂一般，慎重地把心意一針一針縫進去。

「我會讓妳變得很可愛……」

時間快到晚上十點。

感謝母親每天親切地認真打掃，讓這個房間今天也充滿清潔感。

我自從回家之後，就坐在窗邊的書桌前，縫幾下然後欣賞起來，再縫幾下享受治癒的感覺，重覆這樣的動作持續四個小時直到現在。

沒有什麼好隱瞞的，總製作時間整整超過三個月的大作「會說話的ＨＩＹＯＲＩ手編娃娃」終於只差一點就要完成。

「這個即將改變朝比奈粉的歷史……！」

面對這項成就，我忍不住感嘆出聲，連自己都冒出雞皮疙瘩。

模樣可人，表情卻散發讓人無法靠近的氛圍。梳理可愛的黑髮，搭配一件連身裙。雖然我網羅了她所有的便服，不過這次選的這套應該是她最中意的服裝。

其中最厲害之處，就是為了買手機闖進電器行，無意間發現的卡式錄音機。

裡面裝了花上幾個星期經過朝比奈日和面前，錄下她聲音的錄音；我把它藏在玩偶背後的拉鍊裡，藉此營造虛擬對話。

根據製作時「把最好看的衣服穿在身上去都市！」這個主題，毫不偏離地放手製作的這個作品，將讓朝比奈粉至今為止的常識成為過去。

如此的超級大作差一針……還差一針就完成了。

我暫停手邊的工作，閉上眼睛。

回想最近三個月，或許是自己的人生裡最大的旅行。

這當然是指腦內發生的事，為了加強製作意識，藉著幻想與朝比奈日和一起到全國各地旅行，已經以虛擬的方式繞行日本三圈。

「……好了。」

短暫沉浸在回憶之後，再次集中精神，把意識放在最後一針。

「這下……終於……！」

「HIBIYA～～！電話！下來聽！」

突然傳來母親的叫聲，失手戳下去的針悲慘刺進「會說話的HIYORI手編娃娃」的身上。

「呀啊啊啊啊啊啊啊啊啊！」

突如其來的狀況讓我忍不住發出慘叫。在集中注意力、異常敏銳的腦中，出現朝比奈日和的身體被巨大鐵棒刺穿的畫面。

「我……我……做了什麼……！」

用顫抖的雙手掩臉。

腦裡，伸出的手與自己的呼喊都改變不了結果，朝比奈日和臨終時說了些什麼，但老實說我沒有什麼和她對話的記憶，所以無法想像出具體的句子，只能浮現那種氣氛。

「ＨＩＢＩＹＡ～～！快點下來聽電話！」

由於母親殘暴的叫聲越來越不耐煩，決定在此打住趕快下樓。

「啊～～真是的，知道了！我馬上下去！」

先將「會說話的ＨＩＹＯＲＩ」小心翼翼放在桌上，接著把椅子轉向門口再跳離座位。

打開門衝下不斷發出吱嘎聲響的樓梯，抵達設置在一樓走廊的電話，只看到轉盤式的老舊電話聽筒粗魯擺在台座上。

「搞什麼啊，這個時間還有電話……話說是誰打來的？為什麼母親什麼都沒說……」

雖然有些疑問，還是拿起聽筒接聽。會在這種時間打來的傢伙都不是什麼好東西。用粗暴的方式回應，態度應該剛好吧。

「啊～～喂？我是ＨＩＢＩＹＡ，誰啊……」

「太慢了。」

原本以為自己的態度已經很粗魯，聽到對方用比自己更加專業的強硬語氣，忍不住為之動搖。

然後因聽到對方的「聲音」而承受的壓倒性衝擊，強到讓我覺得態度怎樣都無所謂了。

「咦？什麼……」

「我說你太慢了。我現在是站著講電話喔。所以很累耶。」

這個態度、聲音，不會錯。不可能有錯。

一如往常的朝比奈日和，以一如往常旁若無人的態度存在於話筒的另一頭。

「喂，聽得到嗎？喂喂～喂～」

「朝、朝比奈同學？我、我聽得到！嗯！聽得非常清楚！」

面對突如其來的狀況，腦袋一度停止運轉。

聽到朝比奈日和的詢問，以脊髓反射的速度回話。

「這、這是什麼反應，好噁心……啊～算了。我有事想找你商量。」

「商、商量……？」

「嗯，商量。還是說交易？隨便怎樣都好。」

誰會想到這種發展呢？在公車上的我。說了「好想做……」這種話的我。

願望實現了，喂！

話說回來，在半夜裡要商量什麼？

「如果不嫌棄，我非常歡迎……啊，不對，是沒有問題，要商量什麼？」

「你掉了月票吧？我今天在學校走廊撿到，上面有你的名字。」

真是相當容易理解的理由。也許是因為埋頭於「會說話的ＨＩＹＯＲＩ」的製作，徹底遺忘月票的下落，想不到會以這種方式水落石出。

不，仔細想想，這也是司機的錯。

因為太想忘記那個猥褻至極的司機，連同月票的存在一併從記憶中抹去。

不過這樣全部都說得通了。

原來如此，她是為了告訴我撿到失物才特地打電話來嗎？多麼溫柔啊。朝比奈日和果然是天使……

……不，等一下。

我好像忘記什麼重要的事。某件非常不得了的事……

——上學前從嚴選的「朝比奈日和集換式寫真卡」中挑選出特別中意的一張，小心翼翼收進月票保護套裡之後，面露微笑上學——

「……喂，有在聽嗎？我從剛才就因為奇怪的空白而煩躁。那麼關於你的月票……」

「那不是我的！」

「啊？」

瘋狂冒汗到了懷疑會形成水窪的地步。

「糟糕祭典」在腦內「糟糕糟糕糟糕糟糕糟糕糟糕糟糕糟糕糟糕糟糕」熱鬧登場，位於中央的瞭望台，斷頭刀就要落在被處以磔刑的雨宮響也（AMAMIYA HIBIYA）的脖子上。

糟糕。

總之非常糟糕。

偏偏今天放入的寫真卡是被春風微微掀起裙子，有點悖德但無法抗拒的頂極糟糕照片。

原本把那種東西放進月票裡從容度日，居然被本人發現了。一切都結束了。消失得乾乾淨淨，無影無蹤。

什麼「會說話的ＨＩＹＯＲＩ」，你是白痴啊。根本是替自己挖了一個超大的墳墓。

必須想辦法……想辦法……

「不，上面有你的名字。話說你沒發現車票掉了嗎……你是怎麼下公車的？」

「應、應該是同名同姓的人吧～～？妳看！到處都有叫雨宮響也的人。」

「這麼奇怪的名字，除了你以外沒有別人。比起這個，放在月票保護套背面裡的……」

完全束手無策。腦內的「糟糕祭典」迎向最高潮。

瞭望台上頭戴面罩、身穿兜檔布的強壯男子們，開始把劍抵住斷頭台的繩子。

身在台上的雨宮響也像是有所領悟，露出舒服的表情。

已經不行了。不管說什麼都無法逃過這一劫。既然這樣，乾脆死得乾脆一點。

「這個是……」

「啊、哦，對啦！我知道那是不可能實現的事，但因為喜歡，至少可以讓我作夢吧？」

原本打算老實傳達心意，不知為何變成奇怪的說法。

人即使下定決心，還是會在某些地方追求自保嗎？

「呃，你在激動什麼……？感覺好噁心。」

然後依照慣例，懷抱的希望破滅了。

朝比奈粉人生走到終點，熱淚靜靜沿著臉頰滑落。

閉上眼睛，與自己一樣美夢破碎的男人們以一絲不掛的模樣從天而降前來迎接。

之前我都瞧不起你們，真是抱歉。快點把我帶走吧。

如果可以，能讓我帶著幾張寫真卡和手編娃娃一起離開嗎？

就在我利用這些無聊妄想，想要美化自己的死時，朝比奈日和說出意想不到的話：

「為什麼會認為無法實現？虧我還特地打電話來想要幫你實現。」

「嗄咦？」

朝比奈日和這句話難以理解到，讓我發出詭異度堪列進入本年度以來前三名的回應。

不過她剛才的確說了「幫你實現」這句話。這到底是怎麼回事？

「妳說幫我實現……那該不會是……」

「就是字面上的意思。因為感受到你的熱情，所以才說要幫你實現。」

腦內的「糟糕」會場，位在中央的瞭望台，伴隨巨大爆炸粉碎飛散。

被處以礫刑的雨宮響也，身上纏繞氣場彷彿某種超能力覺醒，將逼近自己的斷頭刀像是

糖雕一樣捏融。

「真、真的嗎?咦、咦咦咦咦咦咦真的嗎?是這樣嗎?這樣好好好嗎?」

「聲音太大了，好吵好噁心!別讓我一直重覆!」

「是、是!」

「很好。其實也不是不能理解。你真的那麼想要嗎?畢竟一直想著那種事吧?」

面對超乎想像的激烈發言，不由得異常悸動。今天心臟真是忙碌啊。

「想要嗎?」說出這種話沒關係嗎?最近的社會已經允許這種事了嗎?

不不不，我在想什麼。不可以這麼不檢點。

又不是猴子。這樣很不好。

「不，超想要的。」

考慮到最後，雨宮響也享受變成猴子的事實。

遇到這種機會，誰還想假裝好孩子。

啥?低級?誰理你啊!

「因為重視到放在月票裡隨身攜帶，所以我想應該很想要吧。那麼我就成全你。」

「可、可以嗎……?妳是說真的……?」

先前流出來的汗水，瞬間變成鼻血。

不久之前過來迎接的裸男，雖然以有如惡鬼的表情瞪視我，當然不關我的事。妖怪們，退散吧。

「不過我有一個條件。啊，這就是剛才提到的交易，希望你實現我提出的願望。」

朝比奈日和態度淡然地提醒我。一般來說在講這種話時，反應應該要再害羞一點吧。不，還是只是自己無知，最近的戀愛風氣說不定相當冷漠。

不過怎麼可以談那種趕時髦、裝模作樣的戀愛。沒錯，她一定是個容易害羞的女孩。這種時候必須由身為男生的我來主導。

「那是當然的！只要是我能做到的事，什麼都可以！交給我吧！話說是什麼願望？」

「氣、氣勢很足嘛……說是交易，就結果來說也是為了你的『要求』。話說你暑假有空嗎？」

「有空！嗯！差不多就是幫忙家裡工作，沒有特別的預定！」

「是、是嗎？那麼把暑假的時間先空下來。因為要去都市。啊，只有我們兩個人。」

「咦？」

雖然已經作好面對某種程度難題的準備，但是朝比奈日和的要求卻是天差地遠。

如果是「去附近約會」程度的要求也就算了，在「我發現漂亮的小溪，一起到那邊吃飯糰吧」等級的邀約橫行的鄉下地方，就連高中生也很少說出「我們去都市吧」這種話。

而且還是「兩個人」，這樣實在太冒險了。雖然不想承認，不過實在不是能夠隨便答應的事情……

「為、為什麼突然要去都市？而且是兩個人……」

「沒什麼，因為有想要的東西所以想去都市，給你機會當我的『拿行李小弟』。怎麼？不想和我去嗎？」

「不、不，怎麼可能！不過，那個……我的父母管教很嚴格，所以旅費之類的……」

「這種事不用擔心。我家有錢得很，你的部分我會幫你出。不過我打算瞞著父母親……啊！你當然也要保密。不能跟任何人說！」

「也不能對父母說？」

「沒錯。話說如果要實現你的『願望』這樣比較好吧？你的父母不是很嚴格嗎？」

她說得沒錯，向父母親報告交女朋友這種事實在太可怕了，不可能做得出來。「瞞著父母和喜歡的女生去旅行」的確完美實現我的願望。

原來如此，朝比奈日和家境富裕在附近一帶很出名，要負擔兩個小孩的旅費，或許也不是不可能的事。

但是。

如果只是為了買想要的東西去都市，拜託父母不就好了嗎？

為了實現我的願望……這種事實在不太合理。不用特別去都市，在村子裡稍微約會一下，對我來說已經非常滿足。

為什麼要特地鋌而走險，希望與我單獨兩個人去都市呢？最有可能的答案浮現腦中。

「……原來迷戀我到這種地步了？」

「咦？你說什麼？」

「啊、啊～～不，沒什麼！嗯！」

迅速切換沉浸在自我陶醉裡的腦袋。

搞了半天，原來是朝比奈日和無可救藥地愛上我。

就在她對我情意越來越濃的當下，因為撿到寫有我的名字、裝著她自己寫真卡的月票，才會像這樣使用「商量」或是「交易」的字眼，企圖接近我吧。

表面上用幫我實現願望的名義，心裡說不定恨不得馬上抱緊我。

提出「想要單獨兩個人出遠門」的要求就是最好的證據。雖然說了「拿行李小弟」什麼的，總而言之就是為了隱藏希望和我一起外出的欲望吧。

「我知道了。妳的心情，我會好好接受的……！」

「感、感覺好噁心……聽好了，你也要幫我拿到想要的東西喔！如果不幫忙，我會馬上讓你回家。」

雖然朝比奈日和一如往常採取高姿態，不過想到那是愛情的表現，就覺得她很可愛。

不過話說回來，「想要的東西」到底是什麼？

雖然很有可能只是藉口……

「啊，嗯！當然……不過妳『想要的東西』是什麼？」

「咦？是最近流行新人偶像的簽名。難道你沒看過『虜獲你的心，天真爛漫十六歲！』的廣告嗎？我好喜歡她～～她真的很可愛耶！」

「啊。不，我沒在看電視所以不太清楚……咦、咦～～原來如此……」

瞬間覺得心涼了一半。

朝比奈日和提到那名偶像時，語氣突然變得很熱情，足以讓原本懷著「應該是想和我一起去約會」輕浮念頭的我正視現實。

仔細想想，這也是理所當然的事。和我在一起的時間不可能是第一目的。就算是作夢也不能太過分。

話說回來，雖然不知道是什麼偶像，不過能虜獲朝比奈日和的心，看來不簡單。

「可、可是那麼出名的人，應該不容易拿到簽名吧……」

「呵呵呵。一般來說是這樣。不過這次有個可以拿到的機會。」

朝比奈日和像是在吊人胃口，有點裝模作樣地開口。

「機會？像是簽名會入場券之類的嗎？」

「不是不是。話說那名偶像完全沒辦過簽名會。好像是因為太受歡迎，不管在哪裡舉辦都會聚集不可思議的大量人群。」

明明只是新人偶像，受歡迎的程度居然無法舉辦簽名會，她究竟是美到什麼程度的絕世美女？

不，我知道不可能有那種事。

這個世界上不會有美貌勝過朝比奈日和的女性。

可是既然無法去簽名會，想拿到簽名也只是痴人說夢吧。

她總不會叫我「不管用什麼辦法，都要給我弄到手」吧……

「謎底揭曉，我的姊夫是學校老師。聽說那名偶像居然是他的學生！上次他打電話來說『我幫妳拿到簽名，中元節來玩吧。』喔～～所以想去拿簽名順便觀光，結果被父母罵『不去念書說些什麼無聊的東西～～』。」

「所以才要瞞著家人旅行……」

「對，就是這樣。不過我是第一次獨自去都市，所以想找你當拿行李小弟。懂了嗎？」

這麼一來的確能夠理解她為什麼會說出「兩人旅行」如此出乎意料的提議。

有認識那個偶像的親戚，自然有很高的機率拿到簽名，也不用擔心住的問題。

以朝比奈日和的個性來看，挨了父母的罵之後，就算自己一個人也會去吧，從這點來看，「瞞著父母兩個人去」的意思變得明確起來。

這麼說來……

「這、這樣我有必要……一起去嗎？」

「咦？是沒有。真要說來，是因為你應該會聽我的話吧？」

噗咚！心臟有種被銳利物體刺穿的感覺。面對朝比奈日和若無其事的態度，不久之前自戀說著「原來是迷戀我……」這種話的雨宮響也，臉上的笑容瞬間散去。

朝比奈日和的眼中果然只有偶像的簽名，對除此之外的事物都不感興趣。

也就是說，結論是朝比奈日和對我沒有抱持戀愛的情感。

先前在腦內「糟糕祭典」的會場，不斷重覆把男子們的面罩扯下來丟出去這種殺戮場面的超級響也，突然縮著身體跪下。

「但是……說什麼能夠實現我的願望……難道妳不是真心的嗎？怎麼可以輕易說出那種話……」

「所以你打從剛才到底在說些什麼？只是陪你去買手機，哪有什麼真心不真心。」

手機？

為什麼突然變成手機的話題？在之前的對話裡，應該沒有提起有關手機的事。

等一下。

先試著一個一個解明話題的方向。

朝比奈日和撿到我的月票保護套，發現放在裡面的寫真卡。記得她說看到之後表示「感受到你的熱情，所以才說要幫你實現」。

應該沒記錯，她甚至說了「你想要嗎？」這種話。不，絕對不可能忘記。

那麼為什麼會變成手機的話題？

對話當中應該沒有出現過那種要素……

「……啊。」

腦中突然浮現一個討厭的假設，不由得發出聲音。

那個有如缺角拼圖的一片，光靠那個便足以解開不協調的現狀。

忍不住看向走廊上的全身鏡，映在鏡子裡的自己，當然還是放學回家的模樣。

我連忙把手伸進平時放著月票的胸前口袋，這才發現同樣總是藏在胸前口袋裡的某個東西不見了。

「你想要手機到從廣告傳單剪下圖片，放進月票保護套的地步吧？為了實現你的願望，我特地說要帶你去都市，為什麼還要被挑剔？」

自己愚蠢的誤會瞬間表露無遺，歡天喜地的心情同時以驚人的氣勢被打倒在地。

朝比奈日和看到的不是寫真卡。

當哪天有機會和朝比奈日和說話時，為了能夠作為話題，總是隨身放在胸前口袋，寫著手機特賣資訊的百貨公司廣告傳單。

為什麼之前一直沒發現？

面對朝比奈日和突然打電話過來，產生動搖是事實。

但是這個誤解也太誇張了。

說什麼「害羞女孩」。說什麼「超想要的」。去死吧，大色狼！

光是回想剛才的事，就忍不住想「嗚哇啊啊啊啊啊啊啊！」大喊，用頭去撞柱子，不過到了這個地步發現還有一件事，或者該說最重要的疑點沒有解開。

「……月票保護套裡除了廣告傳單還有別的東西嗎？」

我戰戰兢兢地發問，於是朝比奈日和以受不了的語氣再次嘆氣，高高在上地開口：

「是很重要的東西嗎？除了傳單之外我沒看到其他東西……那是什麼？你放了什麼重要的東西嗎？」

「不，嗯。算是吧……」

果然沒錯。朝比奈日和沒有看到集換式寫真卡。這也是理所當然。要是在她手上，她打電話的對象不會是我，而是少年警察隊吧。

不過回想起來，總覺得可以找到原因。在學校裡越接近朝比奈日和的學年，朝比奈日和的粉絲數量越多。

——隨便丟個石頭都能打中朝比奈的粉絲——

簡直就是那樣。

要是飢餓鬣狗之一「比朝比奈日和更早一步撿到」裡面放有由高等級朝比奈粉的我挑選的寫真卡的月票，他會怎麼做？

答案顯而易見。

他應該會把寫真卡從保護套裡抽出來，把保護套丟在原地吧。拿著前往鄉下偏僻地方的月票，沒有任何好處。

而且上面還有名字。偷了那種會露出馬腳的東西，只有壞處。

不過如果只是一張寫真卡，對偷東西來說就非常有利。那麼有問題的東西向警方報案「想找回失物」只會落得直接被少年警察隊帶走的下場。

當然也不能問人，就算偷走也不會有人怪罪吧。廣告傳單大概是剛好被夾在對折的月票保護套裡了。

說不定是一開始撿到的蠢狗朝比奈粉幫我放進保護套裡。就算寫真卡真的被拿走，感到生氣的同時也必須感謝他。光是足以被告的性癖沒有被朝比奈日和發現，就某種意義來說等於撿回一條命。一想到萬一讓朝比奈日和知道這件事就令人作嘔。會吃好幾年的牢飯吧。

「原來如此，是這麼回事啊……」

一手拿著話筒，背靠擺放電話的櫃子，滑坐在地。

「你、你有點奇怪耶……」

「啊～～嗯。確實有點奇怪。抱歉。」

搞了半天，原來只是空歡喜一場，一廂情願的妄想。

因為與先前的幸福感落差太大一時腳軟，同時升起異樣的安心感。

不管怎麼樣都是自我安慰。朝比奈日和果然不是我這種人可以高攀的。即使機會渺茫，我平常老是作白日夢，不過一旦眼前突然出現很大的可能性，然後又消失了，就會讓我再度認清事實。

以後一定不可能再有這麼好的事……

「然後呢？你是去還是不去？」

「咦？」

朝比奈日和用一副想吵架，卻又有耐性等待我回答的語氣詢問。原本平靜下來的心臟再次劇烈鼓動。

沒錯。並非一切都結束了。

反而現在的我正面臨千載難逢的機會，不是嗎？

即使只是誤會，即使只是朝比奈日和的一時興起，如今她的確是如此靠近的存在。

對方主動找我說話。還在電話中邀我一起旅行。即使當中不具有任何意義，還有比這個更值得開心的事嗎？

我用沒拿話筒的手，用力撐著地面站起來。

「當然要去。一起享受愉快的暑假吧。」

沒錯，只要從現在開始就好。一定有什麼東西從現在開始。

不管是偶然還是命運，無論發生什麼事，只要不放棄，一定能夠傳達心意。

「嗯。那就作好被我使喚的心理準備吧。從明天開始擬定計畫，知道嗎？」

「了解！請多指教！」

「嗯，請多指教。那就再見囉。」

喀！隨著這個聲響，朝比奈日和的聲音也跟著消失。

像是要緩和因為緊張而全身僵硬的身體，忍不住大口喘氣。

忽然看往玄關的方向，升起一股想要呼吸外面空氣的衝動。於是我走過走廊，穿上磨損的鞋子走出玄關，清涼的空氣混著夏季青草的味道舒服吹來。

我一邊走在玄關前面的道路，一邊抬頭仰望巨大的滿月在深藍夜空閃耀光輝，照亮街燈稀少的偏僻鄉間道路。

夏天即將開始。只有我們知道的冒險現在才要開始。
情緒依然亢奮的我面對遙遠的滿月，滿心期待那樣的夏日時光成為永遠忘不掉的回憶。

CHILDREN RECORD 1

一邊發出喀啦喀啦的巨大聲響，緊急運送的病床以驚人氣勢通過眼前。
雖然對如此接近的距離感到驚訝，不過一看就知道對方不是在意這種事的時候。
那個病床運送的，說不定是這個世界上最沉重、最虛幻的物體。
所以才不喜歡醫院。因為即將與之面對。
因為平常每個人都麻痺自己不去想終究免不了的死亡過著生活，但在這兒都會被迫體認的「就是這種東西」。
在那之後過了多久？
因為突然跑步的緣故，我的強度「只比牛蒡結實一點」的腿不停地抖動。恐怕暫時派不上用場。

這也是理所當然，平常只有在上廁所和去洗澡時使用雙腿。經歷過購物、遊樂園，最後還要全速奔跑。就算不是我也會這樣吧。

話說回來，那傢伙到底在想什麼？不，我打從一開始就沒嘗試理解那傢伙的想法。最重要的是我沒興趣知道那種不正經、性質惡劣的病毒的想法。

不過那傢伙今天有點令人在意。在離開遊樂園回程的路上，突然說出「可以去追剛才那個人嗎？」要大家去追救護車，總算抵達醫院後，拋下一句「請讓我和這個人獨處。」要我把手機交給陌生男人，之後便不知去向。老實說，完全搞不懂是怎麼回事。

這樣的現況也不能跑到別的地方，只能抱著滿腹的疑問，站在陌生少年被送進去的診察室前，等待交到看似那名少年的保護者手中的ＥＮＥ。

雖然是順著情勢坐在這個地方，不過越想越覺得自己格格不入。既不認識送到醫院的少年，也不是有事找他，只是坐在這裡。

要是少年的親人現身問我：「你和我家孩子是什麼關係嗎？」我也只能回答：「不，什麼關係都沒有……」露出令人不舒服的笑容吧。

昨天和今天真的很淒慘。被ＥＮＥ奇異的行動耍得團團轉雖然是家常便飯，不過這幾天果然已經超出限度。等那傢伙回來我想立刻返家，回到一如往常的生活，不過目隱團那群人會答應嗎？

太多麻煩事糾結在一起，連思考都覺得麻煩。

「真搞不懂是什麼狀況……」

「唉——」大口嘆氣。

『搞不懂狀況的人是我吧，真是的……』

旁邊傳來同樣帶著嘆息的聲音，嚇了一跳的我忍不住跳起來。

「哇啊！什、什麼時候來的！」

轉頭發現先前接手ＥＮＥ的白髮青年就坐在那裡，以呆滯的表情抬頭看來……

「對不起……我……」

看來青年似乎誤會我在罵他，以吞吞吐吐的語氣道歉。

然而他的表情，從原本的呆滯出現些許焦慮的變化，讓我瞬間思考「這傢伙在說什麼」令對話稍微停頓。

「咦？啊啊，不，我不是說你，而是在說裡面的傢伙。」

我抓起青年原本拿在手上的手機往畫面一瞧，只見看慣的藍色頭髮少女鼓起臉頰在裡頭漂浮。

『唔。怎麼了嗎，主人？』

鼓起臉頰的ＥＮＥ沒有看過來，還是一樣浮著繼續游泳。

「不，還說什麼『怎麼了』，妳是什麼時候回來的？話說這個人到底是誰？是妳認識的人嗎？」

依然摸不著頭緒，感覺被耍得團團轉。會想知道原因也是理所當然吧。

因為這麼想才會開口詢問，不知為何ＥＮＥ聽到我說的話突然發出震動，狠狠瞪著我。

瞬間的瞪視與平常不正經的態度相差極大，到目前為止從來沒看過她有如此激烈的反應，讓我不知為何閃過一種似曾相識的感覺，真是不可思議的表情。

對著被她的魄力嚇到的我，ＥＮＥ再次鼓著臉頰低聲抱怨道：

『認錯人了。我不認識這種人。抱歉讓主人跑得這麼辛苦。我們快點回家吧。』

ＥＮＥ用露骨的生氣語氣說完這些話，只見坐在椅子上的白髮青年大概以為又是自己的錯，原本呆滯的表情蒙上一層陰霾。

「妳、妳啊……雖然認錯人也沒辦法，但也不能在人家親屬出事時把人擋下來，還這種態度吧。」

『那是……因為……啊～真是的！不就說是認錯人了！主人就是因為這樣才不受女生歡迎！』

ENE憤怒大吼，白髮青年還是一臉呆滯，肩膀明顯抖了一下。

不知道是嚇到還是怎麼了。完全搞不懂在想什麼的態度，簡直就像機器人一樣無機。

「那個……不好意思。她會生氣，大概是因為我的緣故。應該。」

白髮青年面無表情地抬頭看來，似乎是以感到不好意思的模樣開口：

「她剛才一邊哭一邊不停對我說『我好想你』或是『我以為你死了』之類的話，但是我完全聽不懂……感覺是我讓她誤會的。」

白髮青年從開口到結束，體感時間大約是二十秒。或許是因為平常聽慣ENE的講話速度，聽著青年慢吞吞的語調，感覺彷彿時間的流逝都變慢了。

原來如此。看來這名青年似乎長得很像ENE以前認識的人。

這個青年的外表確實有股格格不入的氛圍。如果說是ENE的朋友，在奇異特性方面莫名可以理解。

不過比起這個，更令我在意的是手中在青年語畢之後就不停震動的手機。

我戰戰兢兢看向畫面，只看到一改平時的藍色，連耳尖都紅了，不停顫抖的ＥＮＥ。

「妳、妳、怎麼了…」

『嗚哇啊啊啊！嗚哇啊啊啊！夠了！沒事，不要跟我說話！』

現場氣氛瞬間凍結。視野角落的青年再次肩膀晃了一下，不過表情似乎沒有任何變化。

面對第一次表露情感到這個地步的ＥＮＥ，就連習慣這傢伙言行的我，也不由得瞬間愣在原地。

畫面中橫躺的ＥＮＥ抱頭亂踢，然後像是突然想起什麼事一樣站起來，以帶著冷汗的僵硬笑臉瞪過來：

『……拜託你囉？主人。』

不確定她是想要補救，還是想裝成平常的模樣，不管怎麼樣，現場再次瀰漫沉默。

大概是感到非常尷尬，畫面中的ＥＮＥ臉頰再度慢慢變紅。

「故障了……？」

總之先試著敲打手機，手機像是要表示厭惡一般震動。

『主人把我想成什麼了！不是這個問題！』

看到ＥＮＥ一臉意外吵鬧不已的模樣，嗯，看來似乎很健康。如果不是ＢＵＧ之類的，那會不會是感冒……不，這傢伙不可能。

雖然平常就是奇怪的傢伙，不過今天變得更加奇怪。

『偶、偶爾失常也沒什麼吧！因為長得和以前的朋友有點像，所以……那個，說了很多奇怪的話，或是想起一些事……或者該說……抱持期待？』

「不，我完全搞不懂。簡單來說，就是那個吧？因為發現類似同個種族的人，所以情緒亢奮的感覺嗎？」

ＥＮＥ原本含糊說著令人摸不著頭緒的話語，聞言之後突然住口，露出像是錯愕又像受不了，讓人不知道該怎麼形容的表情。

『啊～～……我真的知道主人為什麼不受女生歡迎了。大概一輩子都是這樣。我覺得這樣很好。』

「咦？我說的話有那麼奇怪嗎？先不說這個，為什麼我不受歡迎！告訴我！」

『啊，請不要一直跟我說話，可憐蟲。』

「不，妳剛才說了『可憐蟲』吧！不要以為混在句子裡我就不知道！」

『吵死了！總之我多少會有對主人無法啟齒的……』

ENE再次鼓起臉頰想要說些什麼的瞬間，從剛才白髮青年抱著的少年被送進去的那間診察室裡傳來「喀鏘！」的巨大聲響。

緊接著，響起金屬製的某種器具「喀啦喀啦」地撒在地上的聲音。

『……？主人！情況似乎不太妙！』

「我知道……！」

一腳跨過走廊，急忙打開診察室的門，馬上看到先前被送進去的少年倒臥在地。

蓬鬆的茶色頭髮搭配白色背心，從個子來看年紀大概十一歲吧。體溫計等醫療器具圍繞著少年隨處散落，位在當中的少年以四肢著地的姿勢，企圖彎曲膝蓋站起來，然而似乎無法順利起身。

「喂、喂，你在做什麼！雖然不清楚怎麼回事，總之先躺下來……！」

我在少年身邊蹲下並且伸手，不過少年似乎在害怕什麼，把我的手撥開。

第一次從正面看到的少年，臉上滿是眼淚。被淚水沾濕的眼中，彷彿寄宿著對遭遇淒慘至極之事的憎恨一般灰暗，帶著深沉的漆黑色澤。

「你做什麼……不要……妨礙我……！」

終於站起來的少年雖然一度站不穩，還是靠著自己的力量朝診療室的出口跨出腳步。

「不，等一下！擅自離開會很危險！」

「ＨＩＹＯＲＩ……我得去ＨＩＹＯＲＩ的身邊……」

少年囈語似地唸唸有詞，無視我的勸阻離開房間。

我連忙追上去，發現走出房間的少年與白髮青年面對面站立。

「都是你害的……如果不是你就不會發生這種事……」

少年一邊開口一邊瞪視白髮青年，再次流下眼淚。

白髮青年總算忍住了，雖然臉上露出困擾的表情，不過似乎無法回應。

「算了，我要去……非去不可……」

丟下這句話的下個瞬間，少年的身體轉換方向，以驚人的氣勢跑出去。跑過因為入夜而昏暗的院內走廊的少年，轉眼間已經融入黑暗之中。

『主、主人在做什麼？要是不趕快追上去，總覺得他會有危險喔！』

「喔、喔、喔、喔。我知道，可、可是我的腿……」

沒錯，此時我「比芹菜強韌一點」的悲慘雙腿正在不由自主顫抖，微微痙攣。

『啥啊啊啊啊！真是的！主人是剛出生的小鹿嗎？在重要時刻派不上用場……！』

「少、少囉嗦！話說起來都是你們的錯吧！我可是很纖細的！」

就在我們進行無意義爭論的空隙，少年的身影早已消失無蹤。

照這個速度，恐怕不用幾分鐘就會跑出醫院的範圍。這麼一來完全宣告出局。無論如何都不可能知道他去哪裡。

「按護士鈴……應該來不及了……話說你也想點辦法！雖然你們之間好像發生什麼事，不過你是他親近的人吧？再這樣下去他會不見喔！」

面對我的詢問，白髮青年以困擾的表情點頭，以雖然比剛才快一點，不過還是慢吞吞的語氣開口：

「ＨＩＢＩＹＡ因為我的緣故非常生氣……我必須想點辦法……一、一起來好嗎？」

雖然說話的節奏感很差，不過「ＨＩＢＩＹＡ」應該是剛才跑走的少年的名字。看來這傢伙似乎對眼前的狀況感覺到危機。青年在詢問我要不要一起去時，眼神似乎比剛才平和的表情多了一點熱度。

「喔、喔，一起去是沒關係，不過我的腳不太舒服……」

『為什麼說得好像原本就行動不便，主人！只是單純的運動不足不是嗎？』

「不管怎麼樣，就是不太能跑步……呃，咦？」

彷彿是要打斷我的話，才看到白髮青年出現在眼前，立刻被事隔多年不曾體驗，壓倒性的騰空感襲擊全身。

「嗚、嗚喔喔喔喔？」

簡直就像把小嬰兒抱得高高，輕鬆把我提起來的青年，直接把我扛在肩上。

「抱歉，或許會有點痛……」

青年說完這句話的瞬間，伴隨巨大聲響與衝擊，走廊的風景以驚人的氣勢呼嘯而過。

意識到青年跨出腳步順勢飛躍幾十公尺，大約只過了一．五秒鐘。

「呀啊啊啊啊啊啊啊啊！」

瞬間說不出話來，接下來因為如此出乎意料的事，從丹田發出驚人的慘叫聲：

「放、放放放、放我下來……嘔噗！」

想要說些什麼，卻被緊接到來的落地衝擊打斷，空氣取代原本想說的話從口中噴出。

「抱、抱歉，請稍微忍耐一下。」

下個瞬間，與先前在走廊的高速移動截然不同，這次是地面頓時遠離。察覺到那是驚人的跳躍，幾乎快要昏過去。

盡力想保持清醒而往握在手裡的手機一看，只見畫面中的ＥＮＥ大概是為了準備下一次落地，把類似坐墊的東西放在頭上，用力閉上眼睛。

「意、意義不明啊啊啊啊啊啊啊啊！」

就在我放聲大叫的瞬間，伴隨破風聲跳進空氣冰涼的空間。眼下是醫院的屋頂。然後是我們方才跳出來的敞開天窗，變得越來越小。

所謂的高空彈跳，應該就像這種感覺吧。不，正確來說，或許比較像是不久之前在遊樂園造成心靈創傷的雲霄飛車。

也就是說，著地之後恐怕又會玩像先前坐雲霄飛車一樣的那招吧。

「找到了……！」

喃喃自語的青年像是為了落地時的衝擊做準備，從把我扛在肩膀的姿勢，換成抱在腋下的方式。

隨後是瞬間的無重力感，接著以驚人的氣勢接近地面。

我心中禱告「不管怎麼想都是會出人命的高度。真是非常感謝保佑」，和之前的ＥＮＥ一樣，緊緊閉上眼睛。

噠！發出劇烈聲響的同時，感覺到強烈的重力感。受到的衝擊比預期中還輕。不過對於歷經大規模飛行攪動的胃部來說，已經是十足致命的一擊。從著地的衝擊獲得解放之後，青年擔心地詢問我：

「還好嗎？」

「噗啊啊啊！」

像是要回答問題，我維持被抱在腋下的姿勢吐出一大口氣。

「嗚……嗚嘔……」

然後照例吐出那個。真是遺憾。

『呀啊啊啊啊！請不要把噁心的東西往這邊吐！』

「呼……呼……不，妳稍微關心一下我吧……」

「抱歉，我只想著要快點。嚇到你了吧……」

這個世界上有多少人可以因為趕時間，就抱著一個男人跳躍幾十公尺呢？

我掙脫青年的手臂站起來，雖然還是糊里糊塗，重新看向面無表情站立的青年，只見他的雙眼閃耀淡粉紅色。

「這雙眼睛……原來你也具有什麼能力啊。為什麼會這樣……」

雖然在預料之中，從眼睛的顏色與超脫常軌的行動來看，這名青年果然和ＭＯＭＯ還有目隱團的同伴一樣，似乎擁有某種能力。

因為ＭＯＭＯ和ＥＮＥ的緣故，對於這種現象多少見怪不怪，不過一天當中遇到這麼多次怪人，太不正常了。

話說回來，這種眼睛是怎麼回事？最好還是不要因為奇怪的好奇心深入追究……

「你究竟是……」

『主人！他已經跑到外面了喔！』

我停止思考，連忙轉向ＥＮＥ指示的方向，在醫院玄關連接正門的長長通道前方，發現先前那名少年奔跑的身影。

少年似乎又前進了一些，還差一點就要穿過正門。

「ＨＩＢＩＹＡ……再這樣下去又要跟丟了……！」

青年的話聲方落，為了抱起我，再次把手搭在肩上。

「呀啊啊啊啊啊！不行不行不行！真的不行！拜託饒了我！」

「抱、抱歉，那就不要……」

聽到我的拒絕，青年的身體抖了一下，把手放開。雖然避免了差點再次搭上尖叫系遊樂設施，不過這樣下去少年肯定會衝上街。真的變成那樣會非常麻煩。

「喂，你先獨自去阻止他！我隨後追上！」

「不、不行。我一個人會害怕，所以不行……嗚……」

從不久前的強力舉動，很難想像青年在眼前軟弱低頭的模樣。

「呃，可是再這樣下去……」

我再次看向少年驅近的正門方向，總之先追上去，不過兩條腿果然不太聽話。

就在看著正門打算放棄時，突然想起「一件事」連忙對著手機說道：

「喂，ＥＮＥ！打電話給ＭＯＭＯ！」

『咦？打給妹妹嗎？……啊！原來如此！了解！』

大概是搞懂我的意圖，敲了一下手的ENE，右手做出有如畫十字的動作，畫面切換成打給MOMO的通話狀態。

鈴聲響了兩次半，畫面閃著綠色，大大顯示『通話中』的鮮明文字。

『啊～～喂，哥哥？ENE的事辦完了嗎～～？』

「辦完了，不過現在忙著處理另外一件事……MOMO，妳在哪裡？」

『咦？呃～～……團長，這裡是哪裡？謝、謝謝。啊，哥哥？我們在醫院的正門口……旁邊的樹下……咦，那個人怎麼了？跑得好快。』

雖然MOMO還是一樣漫不經心，不過看樣子是猜對了。

「喂！幫我把那個奔跑的男孩子攔下來！總之拜託了！」

『咦咦！為什麼？』

「總而言之是很重要的事！拜託！」

『很重要的事？唔～～嗯……我知道了！我試試看！』

MOMO語畢切斷通話，畫面閃著紅色顯示『通話結束』的文字。

『妹妹沒問題嗎？』

「那傢伙雖然是笨蛋，不過至少還能動……」

『說得也是……的確有點笨……』

我仔細看著遠方的正門口附近，少年正好要穿過正門。

然而奔跑的少年在正門前方似乎撞上什麼，差點跌倒。

下個瞬間，ＭＯＭＯ從原本什麼都沒有的空間出現，少年或許是被突如其來的狀況嚇了一跳而胡亂掙扎，但少年被ＭＯＭＯ用力壓制，一點辦法也沒有。

『哇喔喔喔喔！妹妹成功了！啊～～啊～～那麼用力壓……』

「那傢伙好像變成舒服的坐墊了。好，我們必須趕快追上去……」

『動作慢吞吞的是主人吧。』

我不理會小聲吐槽的ＥＮＥ邁步前進，在終於接近的正門口旁邊，發現死命抱住掙扎不已的小學男生，彷彿要讓他窒息而死的妹妹。

「啊，哥哥！這到底是怎麼回事……呃，好痛！不要這麼粗魯……！」

「抱歉，ＭＯＭＯ。喂，你！雖然不清楚是怎麼回事，總之先冷靜下來！擅自離開醫院會造成醫護人員的困擾吧？」

「咦咦？他是病人嗎？」

或許是出乎意料的情報讓ＭＯＭＯ稍微放鬆手臂的力道，少年很快便掙脫。滿臉通紅「噗哈！」吸進一口氣，一邊喘氣一邊瞪著ＭＯＭＯ：

「妳做什麼啊，胖歐巴桑！別突然跑出來擋路！」

少年對著ＭＯＭＯ衝出這句話，因為ＭＯＭＯ的腦袋處理能力很差，一瞬間露出茫然的表情，接著大概是理解到這句話的意思，臉色和少年一樣漸漸轉紅。

「啥、啥啊？胖、胖歐巴桑……你說什麼？」

「就是那個意思，胖歐巴桑！我趕時間……」

少年再次打算奔跑，不過ＭＯＭＯ比現場任何人都快一步抓住少年外衣的帽子部分，將少年的身體拖回來。

「你、你是……病人吧？怎麼可以擅自跑出醫院！還、還有，我、我，不是胖……」

或許是遭受相當大的打擊，只見ＭＯＭＯ身體在顫抖，大口喘氣。

少年再次瞪向ＭＯＭＯ，把被抓住的帽子部分從她手中拉開，對著ＭＯＭＯ大吼：

「所以說……！不要擋路！還有我不是病人，也沒有哪裡不舒服！歐巴桑才是，趕快請醫生看一下好像牛的體型吧？那一定是有病！」

少年一邊開口一邊指著MOMO的胸前，這時手中的手機傳來『噗噗……啊，失禮。』ENE帶著笑意的聲音，MOMO則是傳來什麼東西斷裂的聲音。

「別、別人明明是在關心你！你這個……！」

快被小學生氣哭，滿臉通紅的MOMO正要伸手抓住少年時，這次換成MOMO的連帽外衣的帽子被看不見的物體從後面拉住，阻止她向前。

「請、請妳放手，團長！他、他是敵人，敵人！目隱團緊急出動！放～～開～～我～～……！」

像隻狂牛一樣失控暴動的MOMO與剛才少年的話契合，我也忍不住「噗！」了一聲，不知道是不是被聽到，只見MOMO凶狠地瞪著我：

「你在笑什麼，哥哥？他是怎麼回事？我為什麼要被說成這樣？」

「啊～～……好了好了。是我不對，冷靜一點。嘿，你叫HIBIYA吧？為什麼這麼著急？一定要馬上去嗎？」

聽到我的詢問，HIBIYA這次沒有想逃，不過還是露出充滿敵意的表情瞪過來：

「……有個女生或許會死。是對我來說很重要的人。可是只有我獲救，所以我必須去救她。」

ＨＩＢＩＹＡ平淡地低喃。現場所有人聽到這個內容，全都倒吸一口氣。

就連直到剛才還在吵吵鬧鬧的ＭＯＭＯ也停止躁動，驚訝地張開嘴巴。

「等、等一下。你說會死……是一起被捲入什麼意外嗎？既然這樣，最好先報警還是找醫生吧。你一個人要去哪裡？」

過來醫院前，在ＨＩＢＩＹＡ暈倒的現場，完全沒有發生車禍的跡象。身體也沒有明顯的外傷，從旁邊看來會覺得只是因為中暑之類的原因昏倒。事實上我就是這麼覺得。

但是根據剛才ＨＩＢＩＹＡ的說法，聽起來似乎不是單純的突然暈倒，反而像是捲進什麼事件。既然這樣，更應該要找警察幫忙。

「反正說了也沒人會相信。對了，不然你問他吧。因為他只是一直站在旁邊看。」

少年伸手指著青年，青年一臉害怕地抓住自己衣服的衣襬。

「喂，你一直在看吧？如果什麼都不能做，至少把事情的經過告訴他們。」

「不、不是的！我也想救她……可是……可是實在沒有辦法……！」

聽到青年說完這句話，少年咬緊牙關，更加凶惡地瞪視青年。

承受視線的青年或許無法忍受，把視線往下移。

少年輕輕嘆氣，再次準備穿過正門。

「……算了。如果你什麼也做不到，那麼我一個人去。別來……妨礙我……」

少年踏出腳步的瞬間，身體突然大角度傾斜，然後毫無抵抗地朝地面倒下。

「喂、喂！」

我連忙想要扶住他，不過與少年的距離太遠。就連剛才在我面前展現驚人動作的青年，大概是因為少年的話而心不在焉，反應比我還慢。

少年沒有要屈身護住自己身體的跡象，就直接從頭朝地面倒下。

「可惡……！」

正當我覺得來不及時，ＨＩＢＩＹＡ的身體彷彿被看不見的繩子吊起來，呈現趴下的狀態停在空中。

雖然慢了幾秒鐘才理解發生什麼事，不過視野角落看到失去支撐的ＭＯＭＯ一屁股坐倒在地的模樣，總算掌握現況。

「ＳＨＩＮＴＡＲＯ，這小子……最好不要讓他回去醫院。」

ＨＩＢＩＹＡ周遭的空氣瞬間晃動，接著看到身穿紫色連帽外衣，把帽子拉得很低的ＫＩＤＯ現身。

從帽子垂下的長髮深處，看得見ＫＩＤＯ露出混雜驚訝與焦急的神情。

「接得好……話說這是怎麼回事？那傢伙的病情明顯惡化了吧。事情確實不太妙，最好還是先通知醫生和警察。」

「……不，這件事醫生和警察恐怕都幫不上忙。關於這傢伙的現況，最能提供援助的人應該是我們。」

ＫＩＤＯ看著躺在懷裡的ＨＩＢＩＹＡ，以彷彿忍受痛苦的表情開口。

心想到底發生什麼事，湊近ＫＩＤＯ去看少年的臉，發現微張的雙眼除了少年原本的瞳孔顏色之外，還像出血一樣滲出紅色。

「喂，這是……」

「是啊，剛才的對話我都聽到了，這個相當麻煩。」

ＫＩＤＯ像是想起什麼討厭回憶一般說道。

少年的眼睛開始變色，確實是與KIDO等人一樣，使用「什麼能力」時會有的特徵。

剛才KIDO說「恐怕醫生和警察都幫不上忙」就是指這回事吧。這麼異常的病症，他們確實不太可能接受。

「這、這下子怎麼辦……這傢伙沒事吧？」

「現在還不清楚這傢伙的能力……讓他就這樣回去很危險。總之先帶回祕密基地。」

KIDO伸手扶住HIBIYA的腰，重新調整姿勢，讓HIBIYA的臉靠在自己的肩上。

「好了，KISARAGI。幫我跟KANO說一聲，先空出一人份的床。啊啊，還有MARI一旦害怕會很麻煩，順便叫她和SETO一起在房間待命，拜託了。」

KIDO對著MOMO說完這些話，原本一屁股坐在地上的MOMO突然跳起來，做出敬禮的姿勢。

「是、是的！了解！」

「哈哈……妳真一板一眼。」

KIDO先是一臉驚訝，然後難得笑了。平常總是露出銳利的眼神，不過笑的時候表情很溫柔，看起來頗有母親的感覺。

「喔，對了，你叫什麼名字？」

KIDO抱著HIBIYA，像是想起什麼一樣重新面對青年。

「我、我嗎？……KONOHA。是的。應該。」

青年本人或許不覺得，不過以還是一樣的緩慢語氣做出不明確的自我介紹。

青年報上名字的同時，握在手裡的手機突然發出震動，瞄了一眼只見ENE再次以生氣的模樣前後踢動著腳。

「這樣啊，KONOHA。根據剛才聽到的內容，關於你們發生的『什麼事』我想我們應該能夠提供協助。總之在這傢伙穩定下來之前，就由我來照顧。你只要配合就好，要一起過來嗎？」

聽到KIDO的話，KONOHA立刻以到目前為止所看過的最認真的表情用力點頭。

「是嗎？好，那就走吧……不過肚子餓了。叫KANO那傢伙準備晚餐好了……喂，KISARAGI。聯絡到KANO了嗎？」

「不，完全聯絡不上KANO，所以打給SETO……啊！喂，我是MOMO！」

或許是與SETO的電話接通，明明看不見對方，MOMO卻挺直背脊開始對話。

「不好意思，有點事情。因為要帶一個病人回去，麻煩請KANO準備床鋪……咦？不在家？呃……好的，了解！啊，還要準備晚餐……結束之後好像還要請你和MARI一起在房間待命！再見！」

後半段是一口氣很快說完，內容真的有確實傳達給SETO嗎？

切斷通話的MOMO彷彿完成什麼作戰，從鼻子噴了一口氣。

「不好意思，KISARAGI。話說KANO去哪裡了？」

「啊，是的。好像說聲『今天不回去』就不知去向。」

「唉……那傢伙在重要時刻一點也派不上用場……」

想起不久前ENE也說過同樣的話，胸口不禁一陣刺痛。

話說回來，KANO在這個時間出門，到底有什麼要事？以他超然的個性看來，說不定有很多朋友。也就是說是去夜遊吧。可惡……年紀明明比我小……

「那麼我們走吧。離這裡沒有很遠，稍微加快腳步。」

語畢的KIDO眼睛閃爍紅色。應該是為了MOMO再次使用能力吧。

受到能力保護的人雖然不太清楚，不過KIDO的能力應該正讓任何人都看不見現在的我們，真是不可思議。

『那個，主人。』

大家穿過正門，跟著KIDO跨出腳步時，手機突然以比平時含蓄的方式傳來震動。

「啊？怎麼了？」

看向畫面，與之前的表情截然不同，一臉垂頭喪氣的ENE站在原地好像有話要說。

『呃……那個，要不要回去了？妹妹也一起回去。總覺得有點擔心。好像會發生什麼不好的事……』

難得看到ENE忸忸怩怩磨蹭寬鬆的衣襬，說出消極的話語。

原本是個看到眼前有個火圈，會在一旁『跳過去吧！主人！』鼓譟的類型，今天真的很反常。

「啊？真要說來，都是因為妳的關係吧。我也很想回去……」

『既、既然如此……！』

「唔～總覺得有點在意剛才那個小孩，MOMO好像也不打算回去。不管怎麼樣，我也不認為那個團長會輕易讓我們回去。」

『這、這樣啊……』

ＥＮＥ明顯有些垂頭喪氣和情緒低落。就在我思考這傢伙到底想說什麼時，突然察覺到一件事。

「啊，妳該不會是……！」

『咦、咦、咦咦？不！不是的！ＥＮＥ是ＥＮＥ喔！不是那個人！主人真討厭……』

「快沒電了吧？」

『……啥？』

ＥＮＥ原本叫著意義不明的話語，聽到我的詢問，沒有形象地張開嘴巴愣在原地。然後像是突然驚覺過來露出笑容，胡亂揮動雙手。

『……啊、啊～充電，沒錯～～！電量低到已經提不起精神，非常困擾！』

「是吧！我也這麼認為！好吧，回到祕密基地再幫妳充電，打起精神。」

果然是充電的問題吧。大概是在遊樂園時消耗了不少電力，畫面顯示的剩餘電量明顯少了一大半。

雖然不知道這傢伙是基於什麼原理在裡面活動，不過打從剛才開始出現令人搞不懂的舉動，如果充電之後能夠恢復我就安心了。

我可受不了放著不管，讓她做出更令人摸不著頭緒的事。

『啊哈哈……哈。話說回來，總覺得……主人有點改變。』

「喔？是嗎？我自己不太清楚……」

『總覺得好像很開心。能夠交到朋友，真是太好了！』

「啊？這些人算是朋友嗎？我只有被耍得團團轉的感覺……」

不過才認識一天，要稱呼這群人為朋友，心裡多少有點抗拒。

然而我也覺得這些人確實很不錯。

不但向不認識的少年伸出援手，還想解決問題，在這個世道來說算是大好人。

『沒關係。能把主人耍得團團轉的人，就代表和主人合得來。』

ＥＮＥ露出溫柔又帶點寂寞的表情笑了。

出乎意料地，有個以前確實看過的笑臉掠過腦海。遺忘在過去的笑容。總是存在腦裡某個角落的笑容。

「或許是吧。」

也不是刻意想要忘記，而是把那張笑容收在原本的地方。

『一定是這樣！啊，題外話，我自認是主動外向的女生，怎麼樣？愛上我了吧？』

「不，首先妳算是『女生』嗎？」

『咦咦？主人太過分了！我超級女生的好嗎！超受歡迎的！』

看到ＥＮＥ再次一如往常吵吵鬧鬧，心想得趕快回去幫這傢伙充電，稍微加快腳步。

陽炎眩亂 02

搖晃的電車裡，從微微開啟的車窗，吹進帶點濕氣，感覺舒服的風。

從車窗眺望的風景，一改先前的連綿群山，瞬間變成被彷彿在強調文明發展的灰色硬質物體淹沒。

「哇……不錯耶。太棒了。」

忍不住露出笑容。這也是理所當然的，因為從未體驗如此興奮的暑假。

在這之前一直住在鄉下，來到鄉下以外的世界，比原本預期的形象更廣大、更有魅力。

只有在電視上看過的風景，在窗戶的另一邊，就像展示櫥窗一樣引發我的好奇心。

而且最重要的是令人滿心期待的存在，如今就在我的眼前。

「噁心。這種風景有什麼好的。腦袋有問題嗎？」

「嘿嘿嘿。可是不覺得很興奮嗎？哇啊！那棟大樓好高！嘿，ＨＩＹＯＲＩ，有看到剛才那個嗎？」

「啊～～吵死了吵死了。雖然以前我也曾經嚮往，不過那些東西早就看膩了。」

在面對面座椅的對面，ＨＩＹＯＲＩ以一如往常的冷淡態度，跟我一樣看著窗外。

啊啊，真想把這個情景收進相機裡。

出發之前，向父親下跪懇求借來的重要單眼相機。

ＨＩＹＯＲＩ每個瞬間都美得像幅畫，彷彿可以聽到收在座位下的那傢伙傳來「該我出場了吧？」的低語。

「真是期待。話說回來，我想去好多地方。吶！我們首先要去哪裡？」

「首先嘛……在街上逛一逛吧？如果這種風景都能讓你大驚小怪，應該能滿足你。」

ＨＩＹＯＲＩ看也不看我一眼，一邊看著之前說的「看膩的」風景，一邊隨口提議。

「那、那是一起行動嗎……？」

「啊？為什麼要一起行動？我不出門時，你再自己去吧。」

「啊，嗯……」

然後跟往常一樣，無法吸引ＨＩＹＯＲＩ的注意，對話在轉眼間結束。

打從與ＨＩＹＯＲＩ通過電話的那個晚上，誤以為彼此關係親密的我，隔天在學校走廊向她「早啊！今天也是好天氣，太棒了！」打招呼，卻被徹底無視淪為笑話之後，終於理解自己的立場。

沒錯，並非ＨＩＹＯＲＩ覺得我很特別，實際上只是「因為方便又能派上用場的樣子」的理由，才會邀我進行這趟暑期旅行。

或許是因為這樣，在學校理所當然和平常一樣沒有任何對話。直到今天出發為止的這段期間，與ＨＩＹＯＲＩ的通訊方式只有她不定期來電的慘狀。

當然了，為了不漏接ＨＩＹＯＲＩ打來的電話，我變得一直坐在家裡的走廊。

有時候一整個星期都沒有打來，有時候一天打來兩次。

每次的對話內容都是交代事情，不過就連那些對話都是只要閉上眼睛都能立刻默念出來，清楚烙印在腦裡。

這場安靜的戰鬥辛苦又危險，總之說來話長，就連一開始擔心我的母親，到了最後甚至說聲「辛苦了。」為我泡茶，相信大家都能理解這是一場硬戰。

沒錯，要讓雙親同意，也需要相當的努力。

第一次對父親說「暑假想去都市」的那天晚上，我被關在門外，面對野狗的遠吠忍不住發抖，嘗到恐懼的滋味。思考「這樣不行。必須找個更像樣的理由」的我，想到「是為了參加暑期研習」這個絕佳名義，於是再次挑戰雙親。

卻換來一句「讀書在家讀就好」再次被丟到野外，被迫面臨狸貓的洗禮。

在那之後依然不斷思考，涉獵各種資料最後歸納出藉口。

「那是擁有日本唯一可以學習印度陌生地方文化學科的學校，只有在那裡舉辦的講習會，而且只限暑期期間，由知名印度人親自舉辦的講習會。這邊買不到教科書，所以非去不可。」可以稱作壯烈至極的理由。

與雙親的最後交涉持續到半夜三點，為了說服頑固的父親，不惜說出「我的眼裡只看得到印度」和「不想讓我去就讓印度消失」這種不合情理的話，最後讓他們說出「搞錯教育方式」這種話，才答應讓我去都市。

也就是說，我現在是扮演「對於研究印度陌生地方文化有著異常欲望的少年」和雙親幾乎斷絕關係，才會出現在這裡。

雖然這個自暴自棄的展開完全是我自己搞出來的，ＨＩＹＯＲＩ卻露出意外的態度。

要說為了ＨＩＹＯＲＩ才做到這個地步，實在有點難為情，所以在我以有點像是享受被輕視的方式告知「碰巧有可以學習從以前就感到興趣的印度文化講習會，因此得到雙親的同意」時，居然獲得「不錯耶。我喜歡研究這一方面的事。」直到目前為止最好的反應。

她居然有出乎意料的嗜好。拋棄一切後得到的這句話，足以改變我的人生。我當然有把那句話「喜歡」的部分錄音，收錄在成為完全體，在我不在家的期間守護房間的「會說話的ＨＩＹＯＲＩ」裡了。

在我回想這些事時，電車不知何時即將停靠在大型月台。

月台上站滿了人，擁擠的景象簡直像在舉辦什麼活動。

「啊，好了，下一站下車，ＨＩＢＩＹＡ。」

「咦？啊，嗯！」

回應ＨＩＹＯＲＩ的聲音，從座位上起身。

想辦法把ＨＩＹＯＲＩ帶來的巨大拖輪旅行袋，從座位上部的行李架拿下來，背上我那相較之下小得許多的背包，一副準備就緒的模樣。

「好！隨時可以下車！」

電車一口氣減速，慣性傳到雙腳。

就在我踩穩雙腳保持平衡時，慣性因為停車的關係突然消失，讓我以驚人的氣勢倒向另一側。

「唔哇……」

「唉，你在做什麼。好了，走吧。」

面對我這個模樣，HIYORI嘆了一口氣，接著立刻起身快步走向出口。

「唔、唔啊，等……等等我！」

急忙拉著HIYORI的旅行袋，走向出口。

從開啟的電車門步下的世界，無數人潮混雜在一起，散發一不小心就會被擠扁的壓力。

一身輕便的HIYORI快步走在月台，我則是設法跟在她後面。

旅行袋的輪子沿著地面的凹凸黃色警戒線拖行，好不容易才搭上手扶梯，氣息已經有點紛亂。

「吶……HIYORI。今天是什麼祭典的日子嗎……？」

「嗯～～？不，我想應該不是。夏季祭典應該還要再一陣子。」

ＨＩＹＯＲＩ一邊滑手機一邊回答。

「咦、咦～～這樣啊……」

這就是所謂的都市洗禮嗎？

以前在電視上看到類似通勤尖峰時段的畫面時，曾經嘲笑過那是「誇張表現」，不過以這個氣氛來看，似乎是現實。

「該不會接下來要搭乘的電車都是那樣吧！」一想到這裡，我的背脊感到一陣寒意。

手扶梯逐漸下降接近地面時，或許是因為不習慣，異常的緊張感突然襲來。

「要下……要下了……」

決心離開手扶梯時，因為沒抓準時機，不小心用力踏出謎樣的腳步。

「真有精神。」

聽到先離開手扶梯的ＨＩＹＯＲＩ一邊笑著一邊開口，覺得丟臉得抬不起頭來。下次與ＨＩＹＯＲＩ一起坐車前，必須要練習好這個動作。

行進路線前方，剪票口的人潮比月台上更多。一旦走進這些人當中，認真覺得自己的前途就像在冒險。

HIYORI果然不出所料，不等我跟上就快步走開，反正我手上有車票，只要模仿前面的人前進應該就沒有問題。

第一次看到自動剪票口以驚人的速度讓人群通過。

這樣真的有確實確認車票嗎？好像會有一兩個人偷偷通過。

眼看就要輪到我，為了不要失誤，仔細盯著前面乘客的手。

那個人把拿出來的東西貼在機器上發出「嗶！」的一聲，從容不迫地通過了。

原來如此，是這種系統啊。在本地車站都是由走路搖晃的老爺爺一張一張剪票，真不愧是都市。雖然搞不太懂，總之是相當厲害的技術。

輪到自己時，一邊確認不要卡到旅行袋，一邊模仿先前乘客的動作，把車票貼在機器上通過。

但是在「嗶——！」刺耳電子音的同時，彷彿要把我夾殺的護欄突然出現在眼前。

「嗚、嗚哇啊啊啊啊！」

出乎意料的狀況讓我發出慘叫。我一邊陷入危機一邊轉頭往後看，大人們紛紛露出困擾的表情，不發一語往下看著我。

「哇、哇……HIYORI！救、救救我！」

在車站人員快速跑過來時，走在比較前面的HIYORI一臉錯愕地看著我，聽到我叫她的名字，還忍不住紅著臉低頭往下看。

「哈哈。小弟弟你沒事吧？你看，把車票放進這裡。」

我按照跑過來的車站人員指示，把車票放進剪票口，不久之前的激動場面簡直像是不存在，護欄順利開啟。

「謝、謝謝您……！」

終於獲得解放的安心感，還有無法忍受周遭投來的視線讓我拔腿逃跑，不過一臉可怕表情的HIYORI在前方等著我。

「你是為了讓我丟臉才來的嗎……？」

面對HIYORI身後彷彿會有「轟轟轟轟轟」音效，氣勢洶洶的模樣，我忍不住小聲「噫！」了一聲。

「因、因為前面的人……那個……啊啊，對不起！以後我會小心……」

拚命道歉之後，ＨＩＹＯＲＩ雖然還在生氣，或許是覺得這麼做只是浪費力氣，只是說聲「振作一點吧。」再次踏出腳步。

接下來是否能夠平安抵達目的地呢？

正想追上去時，突然回頭吐舌頭的ＨＩＹＯＲＩ，露出好像在說「來抓我啊」的模樣。

「我一定會抓到妳……！」

重新握緊旅行袋拉桿把手，看準幾乎要消失在人群中的ＨＩＹＯＲＩ，往前跨出一大步。

＊

炎熱的天空下，面對至今為止未曾體驗，來自四面八方的灼熱光線，剩餘生命值即將歸零時，我們終於抵達紅磚小屋的前方。

「我們到了……？真的到了……？」

「當然到了。你是笨蛋嗎？」

穿過車站剪票口之後，在異常擁擠，人潮多得水洩不通的地下鐵車站被擠得一塌糊塗，心想終於來到地面，卻被龐大的交通流量耍得團團轉，想過馬路也因為號誌燈而眼花撩亂，真是太慘了。

再加上這個陽光。

鄉下地區無法想像的攻擊性酷暑，以驚人的速度奪走生命值。

「我……說不定討厭都市。」

「是喔。既然來了也沒有辦法，忍耐吧。」

撐著可愛陽傘的HIYORI以沒有流汗，無懈可擊的面無表情說出這句話。

這就是城市的洗禮嗎……腦中再次浮現今天出現四五次的句子。

然而先是為了與HIYORI體驗快樂的都市生活不顧一切過來，結果碰到這種程度的事就說洩氣話，別說讓她注意到我，說不定連活著回去都做不到。

對了，停止消極的想法。打開這扇門之後，我們難忘的共同生活就要開始了。

沒錯，接下來有不到兩個星期的時間。如果這段期間不能讓ＨＩＹＯＲＩ的目光轉向我，以後應該不會再有第二次機會。

不只如此，還只能把剩餘的漫長人生，花在探討印度地方文化吧。唯有這點要避免。

無論如何，都要在這段期間得到ＨＩＹＯＲＩ的芳心，之後讓ＨＩＹＯＲＩ嫁給我，一生在印度當和尚。

只能這麼做了。

「那個～～打擾了～～」

在我沉溺在諸如此類的無聊妄想時，ＨＩＹＯＲＩ不加理會，開始不停按門鈴。

「等、等一下，不用按這麼多下……」

「咦？因為沒人出來開門啊。真是沒辦法。喂喂～～！」

不停按著門鈴的執拗模樣，簡直就像討債的流氓。

如果有這麼嬌小可愛的流氓，反而希望來我家。然後如果可以，希望也把我討回去。

「吶吶，ＨＩＹＯＲＩ，是不是沒人在家？」

「怎麼可能。我又不是你，才不會搞錯約定的時間和日期。」

「不，不是這個問題……」

HIYORI聽不進我的阻止，繼續狂按門鈴，這時聽見門的另外一邊傳來「喀噠」開門的聲音。

「啊，看吧，果然有人。話說回來，我也很久沒見到姊夫了。」

「哇、哇啊……突然有點緊張。」

與說不定會成為姊夫的人初次見面。

心臟理所當然噗通噗通跳個不停。這個時候必須盡可能以最正經的表情面對。

我挺直背脊，連腳趾頭都在用力，花了三十秒的時間等門打開。

門的另一邊依然傳來「喀噠喀噠」轉動門鎖的聲音，完全沒有開門的跡象。

「……這是怎麼回事？」

原本注入力氣的身體漸漸到達極限，因為臨界點的反效果，使得全身不由得顫抖。

因為連臉部都在用力，可以從視野角落看到站在一旁的HIYORI看著這邊，露出彷彿在說「哇啊……」的狐疑表情。

忍耐，忍耐。不能在這裡讓姊夫對我有不好的印象。我要以凜然的姿態和他見面。

「喀噠」的清脆聲音響起，門慢慢打開了。

「唉。雖然不知道在搞什麼，不過總算開門了。真是的，姊夫在做什麼……」

終於打開的門另一邊，出現額頭冒汗的白髮青年，他像是達成什麼任務一般，臉上露出充滿喜悅的表情。

看起來比之前聽到的還更年輕。

印象中ＨＩＹＯＲＩ與姊姊的年紀應該相差很多。假如真是這樣，眼前的青年如果是姊夫，那就是年紀相差很多的夫妻。

「抱、抱歉。我不太清楚怎麼開鎖……」

不懂開鎖？這到底是怎麼回事？照理來說一直住在這裡的人，會說出這種話嗎？

腦中不斷浮出疑問。不，不不，等等。不可以這麼想。

萬一這個人真的是ＨＩＹＯＲＩ的姊夫怎麼辦？

失禮的態度會對未來各方面造成影響。

「好、好年輕的姊夫啊，ＨＩＹＯ……」

我面帶笑容看向ＨＩＹＯＲＩ，發現ＨＩＹＯＲＩ露出我從來沒看過的表情。

眼睛有如布滿細碎寶石般閃閃發亮，發紅的臉頰彷彿細心染上梅花染料。

「好帥——……」

ＨＩＹＯＲＩ一邊開口一邊投以仰慕的眼神，一看就知道目標是眼前的白髮青年。

「這、這這這是怎麼回事，ＨＩＹＯＲＩ？咦？妳說這個人很帥？可、可是他是妳姊姊的丈夫吧？」

面對我的詢問，視線離不開青年身上的ＨＩＹＯＲＩ搖頭否認：

「不是。我和他是第一次見面。超棒的……」

我聽到「喀鏘！」有如陶製裝飾品掉落碎裂的聲音。

好久不曾見到，被ＨＩＹＯＲＩ埋葬的朝比奈粉幻影一絲不掛地從天上降下，想要把好久不見的我帶走。這到底是怎麼了？

這裡照理來說的確是ＨＩＹＯＲＩ的姊姊家。

可是為什麼會有ＨＩＹＯＲＩ沒看過的人在裡面？不，這名青年根本是可疑人物吧。或許說應該就是這樣。

不管怎麼樣，必須盡早從ＨＩＹＯＲＩ面前排除這名青年……！

「喂、喂，你到底是誰啊！這裡是ＨＩＹＯＲＩ的姊夫家吧？你怎麼會在這裡？」

面對我的強勢態度，青年只是一臉茫然。

這個男生長得很高，外表也很端正，越看越令人不爽。

「咦？你說ＨＩＹＯＲＩ……啊，是老師說的那個人。」

青年露出終於搞懂的模樣，從玄關沒穿鞋子打著赤腳走到ＨＩＹＯＲＩ的面前。

「妳好。我叫……呃，應該是ＫＯＮＯＨＡ。」

「咦咦……討厭，怎麼辦……！那、那個你好！我叫朝比奈日和，老師……也就是說你是姊夫的學生嗎？」

「咦？嗯……應該是吧。」

「果然沒錯！你幫忙看家嗎？因為姊夫好像很忙……」

「嗯，老師交代過要讓妳進來。」

不，等一下。為什麼氣氛變得很不錯？和自稱ＫＯＮＯＨＡ的青年對話的ＨＩＹＯＲＩ，臉上露出遇到理想中的白馬王子的表情，雙眼還是一樣閃閃發光。

然後在她的眼中，恐怕早已沒有我的存在。

憤怒的沸騰聲在腦中不斷迴響。

「那、那個，ＨＩＹＯＲＩ。妳不覺得這個人有點奇怪嗎～～……總覺得他的話聽起來有點假……」

「啥？你在說什麼？這麼帥的人怎麼可能會說謊？你是白痴啊？」

「噫……！」

ＨＩＹＯＲＩ的每一句話都刺進我的心，我被不合情理、任性的理論漂亮擊倒。

面對壓倒性的攻擊力，我陳腐的理論武裝毫無意義，只能把身體縮成一團。

「吶，ＫＯＮＯＨＡ。別理這種人，我們快點進去吧？」

「咦？不，老師叫我也要迎接他。」

如此說道的青年走到我的面前：

「那個，我叫KONOHA。呃，請多指教？」

「……我叫雨宮響也。請多指教……！」

我在狂怒的心中拚命壓抑妒火，總算擠出這句話。

「哇～～太好了，HIBIYA。很高興你能親切打招呼！那麼進去吧！好嗎，KONOHA！」

「啊，嗯。」

我毫不隱藏地瞪視被HIYORI推進屋內的KONOHA。

這傢伙到底算什麼？

稱呼HIYORI的姊夫為「老師」還被拜託要迎接我們，看樣子應該是學生吧。

不，這些事都不重要。

現在最重要的是盡早把那傢伙趕出這裡，以及到底該怎麼做才能讓HIYORI的目光轉向這邊。

我對著從天空指著這邊嘲笑的朝比奈粉亡靈豎起中指，進入屋內之後，立刻反手用力關上玄關的門。

CHILDREN RECORD 2

時針的聲音在室內滴答作響。

時間已經快晚上九點鐘。

沒有裝潢的天花板到處垂掛燈泡，呈現不會過度明亮的絕妙生活空間。

站在廚房的KIDO花幾分鐘的時間俐落清洗六人份的碗盤。碗盤收納櫃裡堆放著整齊統一的碗盤。

沙發與沙發中間隔著一張桌子，在對面的沙發上，只見吃飽之後昏昏欲睡的KONOHA，正在重覆閉上眼睛又突然說聲「不行不行。」睜開眼睛的動作。

「唔喵……再也吃不下了……啊，還是再吃一點……」

在我的左邊，流著口水模樣慘不忍睹的妹妹，則是早已帶著幸福的表情進入夢鄉。

……等一下。我們是怎麼回事？小孩子嗎？不，還是ＫＩＤＯ不尋常的「母性」呢？

不知道從什麼時候開始，完全變成到朋友家過夜的感覺。

今天早上還皺起眉頭嫌目隱團的成員「這群人感覺很可疑」，結果一天就混熟了。

就連一陣子沒有與人對話的我都能輕鬆融入，證明這些人確實很不錯。

『連在睡夢中也在吃飯，不愧是妹妹……話說吃飽馬上睡覺，這樣好嗎，主人？』

「誰知道。她大概想變成牛吧？」

看來是累壞了，ＭＯＭＯ吃飽晚餐沒幾分鐘就睡著了。

「明明剛才被人說胖還很生氣，這傢伙搞什麼……」

當事人恐怕已經忘記那些話。「還沒嫁人就這樣，也太不像樣了……」我在稍早之前發現思考這些事也無濟於事。

「好吧，應該沒關係。應該是累壞了。喂，ＫＩＳＡＲＡＧＩ，起來吧。要睡去我的房間睡。」

洗過碗盤的ＫＩＤＯ一邊脫掉胸口刺有「技」字的刺繡，感覺很專業的圍裙，一邊走向ＭＯＭＯ。

輕拍MOMO的額頭，不過本人嚷著「啊～～沒想到還能吃……」，似乎還在睡夢當中享受幸福美食。

「啊～～抱歉。這傢伙一旦睡著，不到天亮是起不來的。不用理她沒關係。」

「那怎麼可以。沒辦法，我帶她進去好了……唔！」

一邊開口一邊試著抱起MOMO的KIDO，表情因為感到意外而有些扭曲。

「沒、沒想到……KISARAGI滿有份量的……！」

雖然好不容易抱起來，不過KIDO呼吸急促的程度，與剛才輕鬆抱著HIBIYA時完全不能比。

對了，以前翻閱刊登MOMO個人資料的偶像辭典時，確實寫著看到的瞬間會忍不住發出「哼！」嘲笑的體重。

在我傻傻地目送KIDO慢慢搬走MOMO的過程中，眼前的沙發傳來KONOHA「鼾——鼾——」的打呼聲。

這傢伙也是不可思議的怪人。發呆的表情讓人搞不懂他在想什麼。

明明是在第一次見面的人家裡，但是絲毫沒有警戒心，很快就睡著了。

……簡直就像只有身體長大的小孩。

看到不久之前HIBIYA的態度，兩人之間應該有相當複雜的「問題」吧。

不，不是只有他們。不管是ENE還是目隱團的成員，各自都有沒說出口的事。

從剛才ENE的模樣來看，雖然之前不小心忘記，不過這傢伙也有她的過去。隱藏如此特殊的存在，本身就是一件不可思議的事。

「這傢伙在來到我身邊之前，到底發生了什麼事？」雖然不是沒有想過這種事，不過就算開口詢問，ENE總是說些藉口加以打發。

忽然看向手機畫面，只見應該無從得知我的想法的ENE似乎很高興地在鋪棉被。

「……妳在做什麼？」

『咦？問我做什麼，準備睡覺啊。』

「啊，是喔……」

記得ENE曾經誇下海口『我是高科技，完全不睡覺也沒問題！』……

不，要是吐槽會很麻煩，決定在此打住。

「呼，讓你們久等了。」

隨著關門的聲音，KIDO一邊開口一邊活動肩膀。

「話說回來，那傢伙最好減少一下飯量。」

「哈哈，真的很抱歉。連續幾天打擾了。」

「不，其實是因為我們的關係，不用在意。話說今天……看來是全滅了。」

回來客廳的KIDO露出無奈的表情低喃，在對面的沙發坐下。

目前還醒著的成員只有我和KIDO還有ENE三個。剛才脫隊的KONOHA斜躺在KIDO旁邊的沙發上，毫無形象地攤開雙手。

『哎呀呀，冒牌貨好像也睡著了～～真是隨性。』

ENE鑽進不久之前鋪好的棉被裡，只露出臉盯著KONOHA的睡臉低聲說道。

「那個『冒牌貨』是什麼意思？」

「嗯。是我幫這個人取的綽號。因為會搞混，所以這麼稱呼。」

「啊啊，是說長得像認識的人那件事啊。話說妳的朋友……」

就在我想開口詢問時，ENE兇狠地瞪過來。

「什、什麼啦……啊～～知道了知道了。我不問總可以吧……？」

聽到我說的話，ENE似乎很滿意地露出微笑：

『知道就好。唉，真正搞不懂的人其實是我。我會好好向遲鈍的主人說明的。在不久的將來。』

然後露出有點悲傷的表情。

由於平常總是含糊帶過，這傢伙說不定是第一次說出「在不久的將來」這種話。

不，因為是這傢伙。當然有可能只是隨口說說。

「看來每個人都有自己的問題。或許應該說心裡想著說不定要提到這件事，才會把這傢伙找來……」

ＫＩＤＯ俯視旁邊，ＫＯＮＯＨＡ睡得很熟。剛才努力不要睡著是怎麼回事？不管怎麼看都是慘敗。「唉……」ＫＩＤＯ發出嘆息的同時，ＫＯＮＯＨＡ終於滑落地面。

「看這個樣子很難了啊。不管怎麼說，以現在的時間大概什麼事都沒辦法做吧。」

ＫＩＤＯ大動作地靠著靠背，然後雙手抱胸，翹起腳來。

「明天……嗎？那傢伙該怎麼處理？」

「嗯？啊啊。你說ＨＩＢＩＹＡ嗎？那傢伙的眼睛顯現的，恐怕是即將出現與我們相同『能力』的徵兆。」

ＫＩＤＯ一邊開口一邊看著天花板。

在那之後HIBIYA並沒有醒來，似乎還是處於不穩定的狀況，了解情況的SETO為了保險起見提出由他監視兼看護。這就是現況。

「是嗎……不過有SETO幫忙看護，感覺滿放心的。」

不知為何我也看著天花板的燈泡開口，這時KIDO輕聲笑道：

「不，雖然那傢伙做事很認真，不過也有弱點喔。現在說不定已經睡著了。」

遇到SETO的第一印象是「這個人很可靠」，不過正因為KIDO和SETO認識很久，所以才會這麼想吧。

這也是理所當然的事，今天早上才認識的我，怎麼可能對SETO有深入理解。

「吶，你們……」

「嗯？什麼事？」

KIDO有些驚訝地看著話說到一半的我。可以詢問這種事嗎？問了之後應該就回不去了吧。我雖然這麼想，不過因為睡意的關係，還是慢慢開口：

「你們的眼睛……老實說不確定是否可以問，不過真的很不尋常。MOMO也是。雖然那傢伙不記得在什麼時候變成那樣，不過我不認為與你們無關。」

雖然ＫＩＤＯ以一如往常的表情聽著我毫不隱藏的問題，不過我的話剛說完，她突然露出溫和的笑容。

「……我應該在這傢伙之前告訴你的。抱歉。」

如此說道的ＫＩＤＯ把身體往前屈，雙手交疊放在膝蓋之間。

「咦，不。完全沒關係。該怎麼說，果然還是有點在意……」

莫名感到害羞，不由得移開視線。

「不，原本就應該說……只不過正如你所說的，這件事有點不尋常，不是可以大肆宣揚的話。我們曾經因為這項能力受到欺負，所以為了保護自身安危，不能隨便說出口。」

聽到ＫＩＤＯ話中內容，忍不住抬起頭來。

她的臉上沒有任何悲傷表情，有的只是擁有堅強意志，沒有絲毫陰霾的眼神。

「說、說得也是。畢竟是我不了解的事，這麼做也是應該……的。」

沒錯。知道這些人的事，我又能做什麼？對了，剛才無法說出口的原因就是這個。

只是抱著好玩的心態隨口發問又能怎麼樣？

我能做什麼？

與ＨＩＢＩＹＡ有所關連的「事件」，根據本人的說法，好像有人會死。

說不定是無法請求警察協助的事件。

ＨＩＢＩＹＡ因為覺醒了與ＫＩＤＯ等人相同的能力，ＫＩＤＯ等人表示要予以保護並且協助。

至於我呢？

這種事真的可以問嗎？

眼前可以選擇什麼都不要問，明天早上以不知情的模樣回家，回到原本的生活這條路。

沒錯，與我沒有關係。我……

『又想逃避了嗎？』

瞬間背脊感到發冷。像是心臟被用力揪緊的莫名痛楚，額頭慢慢滲出冷汗。

「ＳＨＩＮＴＡＲＯ？吶，你沒事吧？臉色不太好看……」

「啊、啊啊。不，沒什麼。我沒事。抱歉。」

「……是嗎？你也累了吧。還是明天再繼續吧？」

明天。明天的我還會在這裡嗎？ＥＮＥ剛才對我說過「回去吧」。雖然不確定，說不定是在擔心我。

但是……

「……不，稍微一下沒關係，請告訴我。」

就這樣回到那間房間，又能做什麼。

說不定我不想與這些人分開。或許害怕一個人回去。

「知道了。那就告訴你吧。關於我得到這個能力時的事。」

ＫＩＤＯ似乎有所覺悟再次露出微笑，眨眨眼把自己的眼睛變紅。

「隱藏目光的能力……這是ＫＡＮＯ取的，基本上就是淡化自己或是外在物體受到認知的能力。」

如此說道的ＫＩＤＯ隨手拿起放在桌邊的雜誌。ＫＩＤＯ在我面前舉起，只見那本雜誌的顏色從角落慢慢變淡，消失得無影無蹤。

親眼看到之後，再次理解那是多麼不可思議的能力。ＫＩＤＯ不想把話說得清楚，也是理所當然。

要是讓太多人知道這種能力，新聞台應該會忙上一陣子吧。最壞的情況，說不定是被帶到某處的研究設施。

「在獲得『這個』前，我也有父母。話雖如此，母親和我沒有血緣關係，父親則是很糟糕。他不但整天玩女人，還把公司搞得破產。更因為這樣，最後放火把家燒了。」

「搞、搞什麼啊……」

短短幾秒鐘就道盡ＫＩＤＯ悲慘的過去。不過ＫＩＤＯ回憶時沒有露出痛苦的表情，反而一副「曾經發生過這種事」像是在說小學回憶時的語氣。

「哈哈。很慘吧？不過接下來才是正題。」

「喔、喔……」

「父親點火時，我們全家人都在家裡。我和姊姊兩個人無法逃出房間。」

「那、那樣會死吧……」

老實說我是以相當害怕的心情在聆聽，ＫＩＤＯ大概是發現這點，露出有些惡作劇的笑容繼續說道：

「啊啊，死了喔。最後無法呼吸，身體也燒了起來。」

「噫噫噫……」

「然後我在那個時候看到了。家裡的牆壁變形裂開，像個滿口大牙的嘴巴張開！」

「嗚哇啊啊！」

ＫＩＤＯ似乎在說祕藏的恐怖故事，越說越起勁。

或許是時機剛好，成功煽動我的恐懼心。

被今天在鬼屋出盡洋相的傢伙嚇到，真是太不甘心了。

不過ＫＩＤＯ玩得很盡興，遲遲不肯說下去，以彷彿在說「怎麼樣」的模樣雙手抱胸，露出得意洋洋的表情。

「……然、然後呢？」

受不了的我終於開口詢問，只見ＫＩＤＯ維持原本的姿勢不動，得意洋洋地回答：

「嗯？說完了。」

「啥？」

面對像是撲空的感覺，忍不住傻眼。

根據剛才的內容，遭到烈火紋身的主角最後被來歷不明的巨大怪物吞噬，不過眼前這個傢伙既不像被消化，內容也連貫不起來。

「那、那麼那個能力是怎麼來的？」

「哦，我在房子火災遺跡醒來之後就會用了。原本的火傷也以某種程度消失不見，非常不可思議。」

「那、那麼像是張開的嘴巴又是怎麼回事？」

「那也只是看到模樣，在那之後的記憶完全消失。恐怕是被吞噬了吧，得救的人只有我，到底怎麼會變成這樣，我也不太清楚。」

ＫＩＤＯ微微舉起雙手，做出「束手無策」的手勢。

最後雖然聽到全部內容，不過本人對於很多事也不清楚，謎團只有越來越深。

「原來如此……也就是說，你們也意外地搞不清楚狀況嗎？」

「是啊。當然，只要能調查的事我們自認都有調查了……不過還在調查中。小時候我曾經拚命對警察述說，不過到頭來還是沒什麼進展。」

的確，就算一五一十說出這種內容，別說是讓別人相信，只會讓事情變得更複雜。

說得沒錯，如果發生在HIBIYA身上的事與KIDO等人是同樣的事態，告訴警察確實不是聰明的做法。KIDO會把他帶到這裡，並且說要協助他，應該是與以前的自己重疊在一起吧。

「無法獲得警察的信任」。沒錯，這一點最讓我在意。

在剛才的內容裡最奇怪的部分，就屬將KIDO吞噬的「大嘴巴」。除此之外的內容雖然淒慘，但也不是現實當中不可能發生的事。要說連繫這群人的「異常」要點，就是那個。

「其他人又是怎麼樣？KANO和SETO有提到被那張『大嘴巴』吞噬的事嗎？」

「KANO說過『看到一模一樣的東西』，但記憶同樣在那之後中斷。SETO則是好像在河裡溺水以來就變成那樣，對於是否看過的印象很模糊。」

聽到KIDO口中的「溺水」關鍵字，雖然就像朦朧不清的記憶，卻讓我回想起小時候的事。那是直到現在偶爾還會回想的記憶，不過聽過KIDO的故事，現場彌漫與之前有些不一樣的詭異氣氛。

「……話說MOMO會變成那樣，說不定也是從在海邊溺水之後。」

「ＫＩＳＡＲＡＧＩ嗎？」

「啊啊，沒錯……希望不要對她提起這件事。那個時候……企圖救她的父親也……」

當時似乎有很多人看到父親想去救被海浪捲走的ＭＯＭＯ。父親游到ＭＯＭＯ身邊時，兩個人都被海浪吞噬。

當時去補習班的我，是在事後才聽媽媽說的，雖然隨後立即展開救援工作，卻沒有找到父親，隔天發現只有ＭＯＭＯ被沖上海灘獲救。

「原來如此……我知道了。或許不該隨便讓ＫＩＳＡＲＡＧＩ知道這件事。」

「太好了。不過聽了妳剛才說的話，我有個想法。」

沒錯，看來ＭＯＭＯ溺水的事與先前ＫＩＤＯ說的情節有部分重疊。

ＫＩＤＯ剛才說過「在火災遺跡覺醒」。也就是說，在房子燒光前的這段期間，她都待在那裡。

ＭＯＭＯ是在隔天被人發現。以ＭＯＭＯ來說，那段期間她都一直待在海裡。

想得單純一點，人類在那種狀態能夠活下去嗎？

不，不可能。也許有所謂的奇蹟生還，不過在這種情形糾結於這句話應該沒有意義。

因為把ＫＩＤＯ曾經看到的「大嘴巴」加進來之後，一切就變得合理。

如果從ＫＩＤＯ燒起來的瞬間，ＭＯＭＯ窒息的瞬間，那個「大嘴巴」把兩人吞噬的方向來想呢？那段期間兩人被關在裡面，在被發現之前「吐出來」又會怎麼樣？

這樣確實超出常軌，不過ＫＩＤＯ、ＭＯＭＯ擁有的「目光的能力」剛好能夠證明這一點不是嗎？

「你們會有所謂目光的能力，如果原因是妳看到的那個『大嘴巴』，我在想ＭＯＭＯ該不會也是在那個時候被吞掉吧……雖然聽起來有點超出常軌。」

確實很超出常軌，不過常識在擁有「目光的能力」這些人面前，只會讓人覺得無力。

對照一下發生在這些人身上的事，總覺得那個「莫名」存在將會是關鍵。

成為不可思議能力起源的不可思議存在……

「唔，我們的確也想過類似的事，如果把發生在ＫＩＳＡＲＡＧＩ身上的事也加進來思考，『那個』應該就是引發能力的原因。而且ＫＡＮＯ那傢伙也說看過類似的東西，目前所知的情況是……這樣吧。只不過……」

「只不過？」

ＫＩＤＯ似乎有什麼在意的事，只見她將手放在嘴邊。

彷彿在腦袋把一片一片的拼圖拼湊起來，眼睛凝視桌上的一點。

「哎呀。ＫＩＳＡＲＡＧＩ的情形也是這樣，整體來說，我們都是即將『和誰一起』面臨死亡。聽說ＫＡＮＯ是和自己的母親，ＳＥＴＯ則是和朋友一起時變成那樣。」

ＫＩＤＯ似乎繼續思考什麼，視線依然固定在桌上開口：

「只不過得救的人只有我們。而且曾經在一起的人最後或許都『消失』了。」

聽到ＫＩＤＯ的話，突然驚覺過來。

「吶，妳家發生火災時，在一起的家人……那個，有找到遺體嗎？」

「嗯，找到了。只有父親和母親……不過姊姊連遺體都找不到。從火災過後的屋子裡發現的生還者只有我。」

「也就是說……」

兩件意外、寄宿於眼睛的能力、「大嘴巴」。

然後根據ＨＩＢＩＹＡ的說法「有個女生或許會死，我要去救她」浮現另一個假設。

「你們和某個人一起被『什麼』吞噬，之後各自只有一個人獲得能力回來……？」

KIDO像是要把我的話接下去，緊接著開口：

「然後一起被吞噬的人們，直到現在都沒有找到。如果真是這樣，就是在吞噬之後一直留在那裡。」

出人意料的事實或許是出於偶然，在此形成假設。出現在MOMO身上的能力、失蹤的父親、無從得知的「真相」好像必然一般逐漸導出。

「其實我們也在猜想會不會是這樣。我們相信『搞不好重要的人還活在那個「嘴巴」裡』，竭盡所能尋找真相。但是所有人待在『那邊』時的關鍵記憶，全都消失不見……」

KIDO再次嘆氣，往後靠在靠背上。從失去雙親、家人、重要的人然後到現在的生活，在這之前這些人究竟遭遇多少苦難。

說不定變成孤單一人之後，曾經因為奇怪的能力遭到欺負。

在那樣的生活裡，究竟是抱持何種心情活下來的？

難以想像的我，深深體會到自己是多麼自我中心、無拘無束地活到現在。

沒錯。放棄一切，選擇一個人孤獨的我，又能了解這群人什麼？

正因為他們明白那種切身之痛，所以才能說出「協助」昏倒的HIBIYA吧。

「嗯，就是這樣。可以把獲得能力的來龍去脈，想成是有點明白又不太明白的現狀。只不過關於HIBIYA的部分，在他某種程度能夠控制能力之前，我想照顧他。因為在這方面已經很習慣了。」

KIDO稍微解除嚴肅氣氛之後說道：

「雖然不清楚他所說的一起被吞噬的人是否安然無恙，不過就算只能慢慢來，我也想陪他一起找……」

「不，等一下。」

KIDO散發話題差不多該結束了的氣氛，不過這段對話還沒結束。

有如必然一般，有人提示了接下來的前進方向，下一條路自動出現在眼前。

「妳說『不記得待在那邊時的記憶』吧？應該也說過『所有人都一樣』。」

「啊、啊啊。的確沒錯。能夠回想起來的，只有醒來之後的事。」

KIDO一副想不透我想問她什麼的模樣，有點害怕地回答。

「不，回想起來了。HIBIYA剛才對著KONOHA說出『你只是一直在看』之類的話吧。該不會他……」

我的話說到一半，KIDO大概是察覺到話中真意，只見她睜大眼睛。

「還記得吧？被吞噬到另外一邊的事！」

KIDO突然從沙發上起身，準備往什麼方向走去。

「喂、喂，妳要去哪裡？他還在睡覺吧？」

然後聽到我的聲音，這才驚覺過來再次坐回沙發。

大概是對自己的衝動行為感到有些害羞，只見KIDO紅著臉低下視線。

看到與認真談論事情的態度有很大差距，腦中掠過如果說出「啊啊，這傢伙是女生吧」這種話，將會和KANO一樣被打飛的台詞。

「啊，說得也是……換成是我也會這樣。好多年沒見到父親，要是可以見面……」

見面之後又能如何？

能說些什麼？

看到家裡蹲這麼多年，自暴自棄的兒子，父親會怎麼想？

「SHINTARO？」

「嗯？啊啊，抱歉抱歉……嗯，那麼明天再繼續吧。KANO好像也不會回來了。」

祕密基地裡到處擺放著鴿子壁鐘以及電子鐘。小櫃子上放著滴落不明液體的機器，說不定也是時鐘。那些時鐘分秒不差地以各種方法指出現在的時間是晚上十點半。

「嗯，說得也是。那傢伙在做什麼啊……話說回來，今天真的很累。頭一次把這麼多人帶到這裡。」

KIDO一邊抱怨一邊看向玄關，不過隱藏不住話裡的喜悅。

「那個『團長』似乎也很累了。」

聽到我的話，或許是因為意外說中害羞的事，只見KIDO的臉比剛才更紅了。

「吵、吵死了！別一直吐槽！我、我要去睡了！知道嗎？」

說完這句話的KIDO儘管有些慌亂，還是以比剛才更驚人的氣勢發出聲響站起來，朝自己的房間走去。

就在我無言看著她的模樣時，ＫＩＤＯ突然停下腳步回頭，伸手指著堆在玄關旁的毯子開口「毯子我拿出來放在那兒了，和ＫＯＮＯＨＡ一起用吧。」接著很快消失在房間裡。

「那傢伙搞什麼……」

就算裝得再怎麼正經，畢竟還是女生。這麼一來，對我來說就是無法理解的生物。不需要深入思考。

才剛停止思考，或許體力也到達極限，一股倦怠感突然傳遍全身。

「唉……真的累了……」

我從沙發上站起來，身體如同預料重得有如鉛塊。

總算走到放毯子的地方，從上面隨便拿起兩件，再次回到沙發。

將毯子蓋在躺在地板睡得像個死人的ＫＯＮＯＨＡ身上，這才想到忘記問怎麼關燈。

「呃……開關在哪裡，開關……」

看了房間一圈，沒有找到類似的東西。

啊啊，這是最麻煩的模式。明明很想睡了，卻不知道該怎麼辦。開著燈又睡不著……

就在我一邊思考一邊觀察室內時，感覺背後有人。

嚇了一跳的我回過頭，只看到身穿白色輕柔睡衣，一頭蓬鬆白髮的ＭＡＲＩ以彷彿在看可疑分子的眼神看向這邊。

「……你在做什麼，ＳＨＩＮＴＡＲＯ？」

『快點說明！ＳＨＩＮＴＡＲＯ居然在天真少女的注視下，冒出大量冷汗！』腦內激動的旁白吵個不停。明明沒做壞事，不過真的就像那樣一邊冒冷汗一邊笑臉應對：

「喔、喔喔！ＭＡＲＩ！不是的，我想關掉電燈，可是不知道開關在哪裡！」

聽過我的說明，ＭＡＲＩ恢復平常的表情，伸手指向掛在牆上的飛鏢靶子。

「電燈的開關在那邊。按下中間那個。」

我輕撫胸口，依照ＭＡＲＩ的說法按下飛鏢靶子的中心，伴隨「喀噠」一聲，掛在天花板的全部燈泡立刻熄滅。

「噫、噫——！不要突然關掉！」

聽到ＭＡＲＩ突如其來的慘叫，心臟差點跳出來，急忙再度按下開關，ＭＡＲＩ的表情再次回到不久前的懷疑表情，眼角滲著淚水。

「……你做什麼？」

「不、不！我只是試著關燈而已？呃……啊啊啊，對不起對不起！」

啊啊，好麻煩。明明想快點睡覺，為什麼會發生這麼麻煩的事？

「好吧……」

MARI一邊開口一邊轉身，走回房間的方向。

MARI怎麼起來了？本來想問她，既然她直接回房間，最好不要再給予奇怪的刺激。

「晚、晚安～……」

我揮揮手，目送MARI走進房間才關燈。

唉……忍不住嘆了一口氣，摸黑走回沙發。

躺在沙發上蓋上毯子之後，習慣性地看向手機，ENE似乎還是一樣鑽進棉被裡。

「麻煩的傢伙……」

雖然發出聲音，棉被還是沒有任何反應。

於是把手機放在桌上，閉上眼睛。

黑暗之中只有有如低吟的空調聲在室內迴響。

回想一整天發生的事，今天漫長得不像只有一天。

今天早上才見面的目隱團成員……不，嚴格來說昨天好像在百貨公司見過面，居然在這麼短的時間裡就混熟，真是一群容易相處的人。仔細想想，這種事說不定是第一次。

被招待到朋友家、吃飯，一邊聊著發生在自己身上的各種事，一邊討論明天的預定。

這樣聽起來沒有什麼特別，就像和朋友們一起度過的平凡日常。

雖然有點超出常軌，不過完全沒想到這樣的我會有這種機會。

……這樣真的好嗎？說真的。

認識越久，笑的次數越多，這種感覺越來越淡。

但是儘管只是在短暫的時間、只有暑假期間，感覺到與這群人相遇的意義真的好嗎？

我在黑暗當中不是詢問自己，而是某個不可能在的明確對象。

「吶，SHINTARO。」

「……什麼事？」

「太好了，認識了這麼多朋友。和大家在一起，開心嗎？」

「怎麼可能。那種想法我連想都沒想過。」

「你說謊。因為今天的SHINTARO看起來很開心。說不定這是我第一次看到SHINTARO笑得那麼開心。」

「沒有這回事。只是被耍得團團轉。我可是很累的。」

「吶，SHINTARO。你還記得我嗎？」

「在說什麼啊，那還用說嗎？」

「那麼叫出我的名字吧？」

「咦……這麼突然，怎麼了？」

「吶，SHINTARO。叫我的名字。」

「別、別這樣……拜託別鬧了……」

「果然……做不到？想不起我了嗎？」

「拜託……別再鬧了。拜託、拜託……」

「吶，SHINTARO。」

「嗚，啊啊啊啊！」

「哇啊啊啊啊？」

我以驚人的氣勢爬起來。渾身是汗，腦袋裡好像遭到攪動，意識模糊不清，沒辦法好好發揮應有的功能。

四周一片黑暗。只有空調的低吟迴響整個空間。

花了一些時間才發現這裡是目隱團的祕密基地，自己睡在沙發上。

「嚇了我一跳！怎麼了？」

視野突然變亮，不久之前在祕密基地裡看到的景象再次出現。

回頭一看，只看到把手放在飛鏢型靶子的開關上，一臉擔心看過來的ＭＯＭＯ。

「啊，是妳啊。不，沒什麼。稍微作了夢。」

「是、是什麼夢……表情這麼難看？」

ＭＯＭＯ小心地跑過來，仔細盯著我的臉。

「就說沒什麼。對了，妳怎麼了？不是睡著了嗎？」

「咦？不，只是稍微醒來……想順便去看一下那個人的情形～」

ＭＯＭＯ以「不好意思吵醒你了」的態度「啊哈哈」笑了。

「……這樣啊。放心吧，我不是被妳吵醒的。」

「唔～嗯。可是昨天和今天一直忙得不停，哥果然累壞了吧。要好好休息喔？」

「我會的……啊啊，對了。」

我一邊開口一邊從沙發上站起來，以由上往下看的姿勢，與蹲著的ＭＯＭＯ面對面。

「什、什麼……？怎麼了，哥……」

「你為什麼要做這種事？」

面對我的詢問，ＭＯＭＯ露出混雜焦慮與害怕的表情。

「咦、咦咦……我不太懂這個問題的意思……」

與沒有移開眼神的我形成對比，ＭＯＭＯ忍不住把視線轉向地面。

「ＭＯＭＯ睡著之後怎麼叫也叫不醒。這從以前就是苦差事。而且ＭＯＭＯ剛剛才和ＨＩＢＩＹＡ吵架，很難想像會因為擔心他半夜起來巡視。還有……」

話說到這裡，ＭＯＭＯ不再開口。或許是因為看著地板，沒辦法看到臉上的表情。

「MOMO都叫我『哥哥』喔，KANO。」

空氣瞬間晃動，下個瞬間迅速起身的KANO露出與白天一樣看扁人的笑容看著我。

「……哎呀～SHINTARO果然很有趣，太棒了。」

「那真是多謝了。那麼告訴我吧。為什麼要特地在大半夜變身成MOMO？」

面對我一步也不肯退讓的態度，KANO還是面不改色，臉上掛著詭異的笑容。

「哈哈。我被討厭了吧。這也是沒辦法，竟然變成最重要的妹妹……對吧？」

KANO眨眨眼睛，露出有點瞧不起人的態度。

不是ENE平常對我做的蠢事，比較像是沒有禮貌地挑動人的心中最不想被碰觸的部分，充滿惡意。

「不是那樣。為什麼要在自己家裡變成別人，我是要你說個理由。」

「唔～～嗯，這麼做當然有我的用意。不過說出理由又能怎麼樣？知道之後，SHINTARO會怎麼做？」

ＫＡＮＯ轉個方向，背對著我攤開雙手。

「這樣不是很奇怪嗎？只有在這個時候幹勁十足，是不是忘記什麼要事了～～這樣。」

無法從轉過頭去的ＫＡＮＯ臉上讀取表情。

不過與他形成對比，聽到彷彿內心被人看穿的話，胸口為之刺痛。

「……你到底想說什麼？」

「嗯～～？不，就是字面上的意思。因為ＳＨＩＮＴＡＲＯ一副好像快要忘記什麼要事的表情。」

ＫＡＮＯ頭上的燈泡突然開始啪嚓作響地閃爍。

燈光一明一滅地讓ＫＡＮＯ的背影像是開了閃光燈一樣閃動。

「你這傢伙懂什麼……！」

「啊～～被我說中了？討厭，生氣了。你果然忘了吧，ＳＨＩＮＴＡＲＯ。」

面對ＫＡＮＯ的態度，我的憤怒達到沸點。

「我沒忘記任何事！」

如此說道的我抓住ＫＡＮＯ，硬是讓他轉過身時，燈泡頓時大閃了一下。
下個瞬間，高速鼓動的心臟被用力捏碎。

「那麼為什麼不救我？」

長及肩膀的黑色中長髮，以及如同火燒的紅色圍巾。
不可能看錯，面帶笑容的ＡＹＡＮＯ就站在眼前。

「啊、啊……」

雙腳不停顫抖，幾乎快要支撐不住。
腦袋已經放棄理解眼前的狀況，口中吐出不成句子的聲音。
「吶。ＳＨＩＮＴＡＲＯ回答啊。還是說你已經忘記我了？」
ＡＹＡＮＯ突然把帶著無機笑容的臉湊近，被不帶任何光澤，彷彿是假貨的眼睛盯著，
我甚至無法呼吸。

「不、不是……我……」

雖然很想把到目前為止，多年來一直隱藏在心中的話一口氣宣洩出來，但卻無法化為言語，什麼也無法傳達。

AYANO不肯等我。就像那天一樣，什麼也無法傳達。

「算了。再見，SHINTARO。要幸福喔。」

下個瞬間屋裡的電燈一起關閉，在瞬間黑暗之後，室內再次變得明亮，AYANO突然從我的眼前消失。

顫抖的雙腿失去力量，膝蓋跪在地上。

發抖的雙手頂著地板支撐身體，眼淚有如決堤的洪水不停湧出。

壓抑已久的情感像是受到引導接連釋放，讓人動彈不得。

……這是懲罰吧。這是對聽不見她說的話、無法把手伸向她的我的懲罰吧。

「對不起……對不起……」

事到如今才說出口的話語在屋裡低聲迴盪，最後不知去向，悄悄消失。

陽炎眩亂 03

蟬鳴聲響個不停。

都市裡也有蟬嗎？儘管把視線固定在某棵行道樹上，也無法在樹上找到蟬的蹤跡。

據說蟬的壽命只有一個星期，實際上在幼蟲期，已經花上好幾年的時間持續潛藏在土壤裡，所以實際壽命應該滿長的。

照這樣來說，現在的鳴叫聲應該就是把在土壤裡積蓄多年的能量，竭盡所能釋放吧。

這對於多年潛藏土中積蓄能量，突然來到外面的世界就被壓扁的我來說，只覺得那個姿態真是美麗，純粹感到羨慕。

「好了，已經到了。」

ＨＩＹＯＲＩ用掛著超市購物袋的手指向有點低的石造圍牆另一邊，目的地的墓地出現在眼前。

「話說你的臉色好像很難看，沒事吧？」

「咦？是嗎？」

「嗯。黑眼圈很嚴重，看起來很憔悴。」

HIYORI指出我看起來很悽慘，最大原因說到底就是提問者的關係，不過本人看來似乎完全沒有察覺。

不管怎麼說，對於昨天一連串發生的事，我的壓力已經超出身體所能承受。

首先是抵達之後，HIYORI打從心底迷上KONOHA，比起以前更是對我不感興趣，我受到完全被當成電燈泡的待遇。

話說昨天也是當初約好「去挑選手機」的日子，拚命懇求之後雖然換來「真是麻煩」，不過總算可以帶著HIYORI出門。目標的百貨公司似乎受到什麼事件的影響暫停營業，面臨如此超級不開心的局面，無計可施的我們只好撤退。

如果可以去其他手機店就好了，但是只有小孩子似乎無法簽約。

原本要靠「那家百貨公司的大人物與HIYORI的父親有交情」的優勢，破例買到手機的作戰徹底失敗，只好就此打道回府。

「那麼買手機的事就延期喔。」ＨＩＹＯＲＩ明確丟下這句話，然後我昨天一整天，陷入被迫待在家裡看他們打情罵俏的地步。

不過話說回來，為什麼非要和那種人共同生活不可。

一開始ＨＩＹＯＲＩ的姊夫明明是說「我現在住在別的地方，你們兩個可以自由使用沒關係」的呀……

那個姊夫也是個隨便的人。從ＫＯＮＯＨＡ「從以前就住在這裡」、「一直受到老師照顧」的話來看，應該是所謂的寄宿吧。

就算讓自己的學生住下來，至少說明一下吧。

不，也有可能ＨＩＹＯＲＩ聽了說明卻沒有告訴我。

不管怎麼說，單獨兩人享受都市的計畫完美泡湯。

一如預料，晚餐幾乎食不下咽，因為燃燒旺盛的嫉妒心，使得晚上也睡不好，所以現在我的臉變成ＨＩＹＯＲＩ說的那副模樣。

「吶，HIYORI。為什麼突然要去掃墓？本來今天不是充滿幹勁要購物嗎……」

「唔～我也說不上來……昨天進去姊姊的房間時，突然覺得『啊，非去不可』。」

待在這裡第二天的今天。

是之前HIYORI曾經說過「這天要去街上買東西，陪我一起去」的日子，然而今天早上突然說出「還是不去買東西了，去掃墓」這種話。

被我視為眼中釘的KONOHA沒有起床的跡象，沒有跟來這裡。雖然HIYORI難過表示「原本希望他也一起來」，不過這樣更好。

對了，KONOHA昨天也以「老師說過當他不在家時我不可以出門」這種幼稚理由，沒有跟去百貨公司。也就是說不管發生什麼事，他都不會跟來吧。

「是嗎……對了，因為是中元節嘛。」

在離家不遠的這個墓地，隨處可見掃墓的人，也因為規模較小，看起來不算擁擠。

「這麼說來也是，而且今天是姊姊的忌日。雖然家人很少對我提起這件事。這或許也是理所當然。姊姊大概不知道我出生的事吧。」

HIYORI的姊姊似乎打從年輕就是不被常識拘束的人，某天突然丟下一句「我要去外面的世界」就離家出走了。

聽說從此與老家完全斷絕聯絡，HIYORI第一次看到姊姊，是躺在棺材裡的模樣。

「舉辦葬禮時，姊夫看起來很自責。當時的事印象很深刻。」

一邊確認刻在墓碑上的文字，一邊在狹窄的通道慢慢前進。

在新的供品裡除了鮮花、日式點心之外，也有玩具車之類的東西，實在令人無法直視，只好低下視線。

「雖然姊夫不停對爸媽磕頭，爸媽卻一句話也不肯說。很過分吧。明明他一直陪伴擅自離家出走的姊姊。總覺得『大人真麻煩』。」

HIYORI還是一樣面無表情，既不生氣也不悲傷，只是平淡說明。

對於當時的HIYORI來說，說不定會覺得父母親看起來很頑固。

不過想到HIYORI的父母面對無法改變的事實，心中怒氣無處發洩的心情，我也沒有資格多說什麼。

「啊，姊夫昨天好像說太忙沒辦法回來，不過今天下午會拿簽名過來，希望到時候我能在家。所以掃墓完畢之後必須趕快回去……呃，咦？」

ＨＩＹＯＲＩ突然停下腳步。

視線的前方，有個對著墓碑合掌，身穿黑色短袖連帽外衣的青年。

「那是姊姊的墓喔。」

ＨＩＹＯＲＩ一邊開口，一邊再次跨出腳步。

我連忙跟上，青年大概注意到我們，突然轉過頭來。

淺茶色的頭髮配上大眼睛，讓人印象深刻的青年看向我們。

「那是我姊姊的墓。謝謝你來參拜。」

ＨＩＹＯＲＩ向茶色頭髮的青年低頭行禮，下個瞬間，青年看向ＨＩＹＯＲＩ的臉。

「咦、咦！咦咦？妳的姊姊？」

「是的。請問姊姊生前是否曾經受到你的照顧……？」

青年的臉突然變得明亮，露出天真的笑容興奮開口：

「哇啊，長得好像！咦？不不，說什麼受我照顧，沒有這回事！應該是我受到妳姊姊的照顧才對！」

如此說道的青年顯露出天真爛漫的笑容，聊了一陣子之後才「啊……」以像是發現什麼的表情，單手握拳抵著嘴邊輕咳一聲，然後挺直背脊。

「嗯，抱歉，一時失態了。呃，你是陪她過來的人嗎？」

青年對我開口發問。

「啊，是的。該說是陪她，還是說打雜的……哈哈。」

說完這句話突然覺得有些難為情，移開視線，搔搔臉頰掩飾害羞。

「打雜的……唔……那應該很辛苦吧。」

出乎意料的反應讓我再次看向青年的臉，只見青年似乎感同身受同情我剛才的發言。

「很討厭吧？哎呀，我很能夠理解。嗯。因為我每天也是被可怕的人使喚，不是被揍就是被踢……」

青年無奈地攤開雙手展現困擾的態度。

「那、那真是辛苦……我們彼此都辛苦了……！」

「嗯嗯……堅強活下去吧……」

一邊開口一邊用力握手的我們，似乎相當合得來。

好像聽到HIYORI說聲「這是怎麼了？」，不過先不管她。

「好了～～那麼我也差不多了，先走一步。你們接下來還有事要忙吧？」

「咦？不，也沒有很忙，只是要在下午回家……」

「這樣啊……」

聽到ＨＩＹＯＲＩ的話，之前一直保持笑臉的青年，表情好像突然蒙上一層陰霾。

不過仔細一看，又恢復原先爽朗的笑容。我還擔心「因為從昨天開始太情緒低落，這下子該不會獲得能把消極情緒傳染給別人的能力吧」，看來是我想太多了。

話說回來，我一點也不想要這種沒用的能力。如果可以獲得什麼超能力，當然要選擇能讓身體變成透明。

「難得天氣這麼好，要是能在外面遊玩就好了～～太浪費了！」

青年邊說邊把手放在後腦勺，嘟起嘴巴。

「啊哈哈……說得也是。稍微玩一下也許沒關係。」

ＨＩＹＯＲＩ也笑著回應青年的話。

「好了，小心一點！那麼我走了。再見。」

青年再次露出笑容，對我們說完這句話便轉身快步離開。

「那個人感覺挺不錯吧～～ＨＩＹＯＲＩ。」

「嗯。可是總覺得有點奇怪……照理來說姊姊的年紀應該滿大的，和那麼年輕的男生到底是什麼關係……」

HIYORI認真思考不合理的事。好歹是在當事人的墓前，這樣實在有點過分。

「真是厲害！」

接著看往墓碑把話說得很直接。以姊姊的眼光來說，會怎麼看她呢？如果有機會，我倒是想問問看。

雖然她嘴上這麼說，HIYORI開始在墓碑前擺放買來的點心。

從來沒有見過面。也就是說，HIYORI應該不清楚姊姊喜歡吃些什麼。

沒錯，HIYORI擺在那裡的，都是HIYORI愛吃的食物。

也就是拿自己認為好吃的食物招待別人的行為。我可以理解，對於HIYORI來說，這應該是最高等級的好意。

大致擺放完畢之後，HIYORI面對墓碑合掌，閉上眼睛。

我也模仿她的動作閉上眼睛。

姊姊是個什麼樣的人呢？剛才遇到的人說和HIYORI「長得很像」，莫非個性之類的也一樣不留情嗎？

「你要拜到什麼時候。夠了。」

聽到HIYORI的聲音，這才睜開眼睛。

「你該不會想對姊姊問什麼奇怪的事吧？」

「怎、怎麼可能！不，我只是在想不知道她是個什麼樣的人～」

明明沒有那麼想，突然被這麼一問，還是不禁慌了手腳。

HIYORI懷疑的表情變回面無表情，「應該是普通人吧。」低聲開口。

陽光增加熱度，靜靜展現它的猛烈。

距離HIYORI說的約定時間，應該沒有多久了。

「那麼我們也回家吧？雖然剛才的大哥哥說過『要是能在外面遊玩就好了』……」

「唔～嗯，天氣這麼好馬上回家確實有點不甘心。果然還是應該先去買點東西。」

語畢的HIYORI開始自言自語：「我想去看看那邊的鞋店……不，先去車站前面的飾品專賣店……」

「咦、咦咦？沒那麼多時間吧？總之先和姊夫打完招呼，拿到偶像簽名再去……」

「……不，還是先去一個地方。跟我來。」

HIYORI一邊開口一邊快速跨出步伐。

啊啊，變成這樣就沒辦法了。不管我說什麼，她都不會停下腳步吧。而且聽到她說「跟我來」就很幸福。

穿過墓地走在馬路上，HIYORI迅速右轉。

又多了一個新發現，HIYORI的方向感異常優異。不管是昨天還是今天，感覺好像一直住在這裡，毫不猶豫朝著目的地筆直前進。

即使是對我來說看起來很危險，就算看著地圖還是要考慮是不是該往那裡走的路，都能走得很輕鬆，真的很厲害。

我不作思考、沒有多問，跟在HIYORI後面走了十五分鐘。

路上行人漸漸變多，隱約知道HIYORI的目的地是市中心。

雖然昨天就感覺得到，看來我怎麼樣也無法習慣都市的氣氛。

各式各樣的廣告、川流不息的車輛、人們的笑聲交織，製造巨大的不協調聲響，腦袋因為過多的資訊不禁有些暈眩。

再加上這個暑熱。

想到幾天前對於生活在這裡抱有憧憬，就打從心底明白自己有多麼無知。

生活在這種地方，有幾條命都不夠用。

更基本的問題，是我連平安度過這個夏天的自信都沒有。

「啊，是這裡吧。你在這裡等我一下。」

排成一排，色彩繽紛的商店。ＨＩＹＯＲＩ在其中一家商店面前停下腳步。

看到她絲毫沒有猶豫地走進店內，應該已經抵達目標店家。

「感覺這間店真是華麗……」

我依照指示在店外一邊等著ＨＩＹＯＲＩ，一邊打量商店外觀。

在一片驚豔粉桃色的牆上，到處點綴著餅乾和糖果，而且到了晚上還會進一步增強攻擊力，布滿燈飾的招牌上同樣也用超級華麗的螢光黃寫著斗大的店名。

面對卡路里過高的裝潢，加上暑氣也來參一腳，突然感覺一陣噁心。

等ＨＩＹＯＲＩ回來就去喝個飲料吧……要是在這裡曬成人乾，有可能和餅乾糖果一起成為這家店的裝飾。

自動門伴隨著音樂一起開啟，拎著兩個小袋子的ＨＩＹＯＲＩ出現了。

「啊，歡迎回來。有買到想買的東西嗎？」

聽到我的問題，ＨＩＹＯＲＩ「嗯！」地微笑回應。

面對如此可愛的模樣，心跳不由得加速。

啊啊，太好了，光是能看到這個表情，就覺得來到這裡真的太好了……

「我買了禮物要送給ＫＯＮＯＨＡ！」

撤回前言。如果沒來就好了。

又是那傢伙嗎？不，到底是怎麼回事？

禮物？這是為什麼？

「咦？禮物是什麼意思……？」

「咦？跟你沒關係吧？」

因為ＨＩＹＯＲＩ的直接回應，下面的話說不出口。

看來待在這個都市這段期間，似乎是在進行提昇精神痛苦免疫力的訓練。

「啊，不過你看，我也買了你的喔。」

「啊啊，是喔……咦咦？買給我的？」

「沒錯。你看。」

如此說道的ＨＩＹＯＲＩ把手上的另一個小袋子，遞到我的面前。

收下禮物的瞬間，之前的人生好像走馬燈一樣閃過眼前，眼眶不禁發熱。

「謝、謝謝……」

「為、為什麼要哭……好噁心……」

雖然剛才撤回前言，不過還是幸好來了。作夢也沒想過會有這麼令人開心的驚喜。

「我好高興……謝謝。啊，可以打開來看嗎？」

「嗯？無所謂啊。」

淡粉紅色圓點點綴的小袋子，以重量來看應該是鑰匙圈吧。不，說不定是文具之類的。

滿懷期待以今天最棒的笑容打開小袋子，裡面飄出有如生魚腐敗的腥臭味。

「嗚哇好臭！」

面對出乎意外的狀況，忍不住大叫出聲。

從流行雜貨鋪走出來的女生手上接過的小袋子，居然散發猛烈的海鮮異味。會有這種反應也是理所當然。

誰猜得到這種事。

我戰戰兢兢拿起裡面的東西，發現是鮭魚切片長出像是人腳的謎樣怪物鑰匙圈。

「啥？什麼嘛，有意見嗎？」

HIYORI仍是一貫的面無表情，以高壓姿勢發問。

「不，咦咦咦咦咦？與其說有什麼意見，我是不解這是什麼？這是什麼啊？」

如果是散發水果香味的鑰匙圈還能理解，眼前的這個恐怕是走類似路線，但有點想搞怪的商品吧，不過卻是徹底的失敗作。

「聽說是叫『小紅鮭吊飾』的商品。總覺得你會喜歡這種。」

「不，才沒這種事喔？話說我什麼時候讓妳覺得會喜歡這種東西了？」

「哎呀，總覺得你會喜歡這種臭味。」

如此說道的HIYORI以高壓的視線哼了一聲。啊啊，徹底是在惹我不快。

「嗚……嗚嗚……不過還是謝謝。」

不過收到禮物的喜悅贏了，無法繼續反駁。

看到我沒出息的模樣，ＨＩＹＯＲＩ再次用鼻子「哼」地嘲笑。

「好、好了，差不多該回去了吧……時間也不多了。」

「嗯，也是。那麼先走這裡……」

ＨＩＹＯＲＩ充滿氣勢準備往來時的路跨出腳步時，突然察覺什麼而止步。

我看向ＨＩＹＯＲＩ的腳下，讓那個旁若無人的ＨＩＹＯＲＩ停下腳步的犯人，出乎意料地是一隻黑貓。

不知道從哪裡冒出來，突然出現在ＨＩＹＯＲＩ腳下靠上來磨蹭，喉嚨還發出咕嚕咕嚕的聲音。

「哇啊，是貓耶，ＨＩＹＯＲＩ。牠好像很喜歡妳。」

毛很整齊的黑貓向ＨＩＹＯＲＩ撒嬌之後稍微拉開距離，然後進入小巷子。

「啊～走掉了。本來還想摸一下的～咦？ＨＩＹＯ……」

「我要養牠……！」

ＨＩＹＯＲＩ的臉比昨天第一次遇到ＫＯＮＯＨＡ時更紅，氣息也很亂。

「咦，妳說了什麼……？」

「去追牠，ＨＩＢＩＹＡ！」

ＨＩＹＯＲＩ說出這句話的同時，已經率先跑進小巷子去追黑貓。

許多吐槽的話語在腦中形成漩渦，先是咀嚼ＨＩＹＯＲＩ喊我名字時的喜悅，然後緊追在ＨＩＹＯＲＩ的背後。

ＨＩＹＯＲＩ以驚人的氣勢經過建築物後門旁邊的鋼製垃圾桶，然後衝上長有青苔的小樓梯，接著又跑到人潮擁擠的大馬路。

「哇啊……ＨＩ、ＨＩＹＯＲＩ，這下子應該找不到吧……」

「不，剛才那個瞬間我有看到尾巴。這邊。」

ＨＩＹＯＲＩ一邊開口一邊左轉，用力踩踏地面加速。

人這麼多還能毫不畏懼地勇往直前，這點也令人敬佩。

多虧跑在ＨＩＹＯＲＩ的後面所以不會撞到人，我們大步跑過大馬路。

「呼……呼……找到了！這邊！」

再次緊急左轉的ＨＩＹＯＲＩ闖入設有遊戲器材等設施的兒童公園。

跟著跑進去的我在水藍色鞦韆的柱子後面，發現剛才的黑貓坐在那裡。

「追到牠了！」

ＨＩＹＯＲＩ似乎很開心，慢慢縮短與黑貓的距離。

「啊、呵呵呵……乖孩子乖孩子。乖乖讓我摸……」

一邊喘氣一邊靠近的ＨＩＹＯＲＩ，散發出如果我是貓咪，應該會全力逃走的氣息。

不過剛才的黑貓別說是逃走，連後退一步都沒有，只是直直盯著ＨＩＹＯＲＩ的方向。

正當覺得不可思議時，突然注意到一件事，我的背脊感到一陣寒意。

ＨＩＹＯＲＩ凝視的那隻黑貓的雙眼，彷彿血塊一般赤紅。

ＨＩＹＯＲＩ沒有發現嗎？

從旁邊看起來，被那個詭異模樣吸引的ＨＩＹＯＲＩ彷彿著了魔，讓人覺得有危險。

「ＨＩ、ＨＩＹＯＲＩ！等一下！那隻貓似乎不太對勁？」

「咦？什麼？」

不由得發出聲音，嚇一跳的ＨＩＹＯＲＩ轉頭過來，這時黑貓看了我一眼好像想說些什麼後，再次跑開不知去向。

「啊～～！等、等一下！被牠跑掉了！」

轉回視線，發現黑貓已經跑走的ＨＩＹＯＲＩ，一副很生氣的模樣朝我走來。

「因、因為剛才的黑貓看起來有點奇怪，所以……我擔心……」

「多管閒事！你的擔心只會造成我的困擾！」

ＨＩＹＯＲＩ瞪著我開口。不過這種程度的發洩似乎無法平息怒氣，繼續對我怒吼：

「話說回來我不需要不可靠的你擔心，我想要讓ＫＯＮＯＨＡ擔心！而且你從昨天開始就不知道在婆婆媽媽什麼。你是白痴啊？」

面對接二連三的惡言，就算是我也不禁為之激動。

雖然明知這個心情是自找的，不過這樣也太過分了吧。

「我不是白痴……為什麼……為什麼妳不懂？又不是我喜歡婆婆媽媽……」

「咦～～我還以為你天生喜歡婆婆媽媽。不然理由是什麼？」

「那是……」

在HIYORI的瞪視下，經常會沒辦法開口。就連現在也是，馬上就說不出話來。

啊啊，這麼說來，在這之前我曾經把腦中浮現的事直接說出來嗎？

不，大概沒有。如果真的說出口會怎麼樣？

腦袋模糊不清，心臟好痛。感覺好像一直在耳鳴。

「什、什麼啊……」

「那是因為……我從很久以前……」

「等一下別說了……」

「就對HIYORI……！」

「不是叫你別說了嗎！」

HIYORI的叫聲讓我終於醒悟。

戰戰兢兢看著她的臉，發現HIYORI也是一副快哭的模樣。

不知道是不是被HIYORI的叫聲喚醒，之前一直很安分的夏蟬突然騷動起來，四處傳來像是責怪的蟬鳴聲包圍著我。

那段漫長的時間，足以讓我為自己不顧後果的行動感到後悔。

「差勁透了。」

終於可以聽到ＨＩＹＯＲＩ的聲音，比這幾天的任何惡言都深深刺中我的心。

「那、那個……」

明明已經無話可說，愚蠢的嘴巴還是擅自開口。

「我要回去了。不要跟來。」

連直視ＨＩＹＯＲＩ都做不到的我低下頭，發現肚子朝上，躺在地面一動也不動的蟬。

這傢伙也對什麼人傳達了什麼訊息嗎？而我又傳達了什麼？

無意識沿著臉頰滑落的眼淚，在地上形成一個又一個的黑色污點。

就在覺得什麼都無所謂之時，ＨＩＹＯＲＩ逐漸遠去的腳步聲倏然停止。

「你、你從什麼時候就在那裡的……？」

從ＨＩＹＯＲＩ突然發出的聲音與語氣，可以想像說話的對象。雖然不甘心，卻是非常容易的事。

我抬起頭來，望向ＨＩＹＯＲＩ所在的方向，如同我的預料，滿身大汗的ＫＯＮＯＨＡ

就站在公園門口。

「咦……剛才就在囉！哎，因為醒來後發現你們兩個人都不在……那個，心想必須出來尋找才行……」

面對一個字一個字開口的KONOHA，HIYORI用顫抖的聲音發問：

「……剛才的話，你都聽到了嗎？」

KONOHA還是一樣，以不知道在想什麼的表情回答：

「咦？嗯。聽到了。」

聽到這句話的瞬間，立刻浮現HIYORI想要逃往別處的想法。

或許是因為這樣，搶先在HIYORI跑出去的剎那，我的腳對準HIYORI的位置跑過去。

……我要做什麼？

想要再解釋一次嗎？

不希望HIYORI落單嗎？

想要比ＫＯＮＯＨＡ早一步牽住ＨＩＹＯＲＩ的手嗎？

如同我的預料，奔跑的ＨＩＹＯＲＩ不像之前在人群當中那麼輕快，看起來像是為了逃離這裡，笨拙地擺動雙腳。

還差幾步就能握住她的手。

但是就在接近時，被眼前的景象深深震撼。

在跑出公園的ＨＩＹＯＲＩ前方，規矩並排的白線終點處閃著紅燈。

「那個」的意思不用經過大腦思考就能理解，就是這麼明確的「絕望」。

「ＨＩＹＯＲＩ！是紅燈！」

再一步，還差一步……不，已經太遲了。

毫不猶豫地跨出最後一步，連自己都感到驚訝。

我試過如此強而有力地向ＨＩＹＯＲＩ踏出腳步嗎？

從ＨＩＹＯＲＩ驚訝的表情看來，應該無法想像接下來的事吧。因為連我也無法想像，所以大家都一樣。

面對伴隨驚人轟隆聲響逼近的貨車，

我在最後的最後，終於握到夢寐以求ＨＩＹＯＲＩ的手。

賞月RECITAL

在一望無際的廣大草原上，涼爽的風吹拂而過。

身體很輕。彷彿長了翅膀一樣輕。

感覺只要輕踏地面，身體就能飛到任何地方一般有彈力。

在草原上舒服地到處飛舞，周圍不知不覺開始出現牛群。

好像是什麼的聚會。難道是要進行牛排吃到飽嗎？

就在我不予理會奮力跳起時，身體突然變得好重，就這樣直接撞擊地面。

「好痛！為、為什麼這麼突然……」

屁股感覺到劇痛。

想要揉一揉緩解疼痛時，不知道從什麼地方傳來笑聲。

「啊哈哈哈！歐巴桑，妳在做什麼！」

轉頭一看，發現ＨＩＢＩＹＡ抱著肚子笑倒在地。

「為、為為為、為什麼你會在這裡？」

被人看到剛才的醜態已經非常羞恥，偏偏還是被他看到，運氣真是太差了。

「咦？因為摔得那麼大聲，誰都會發現吧。」

臉頰越來越熱。居然被這種小孩子瞧不起，真是太遺憾了。

「啊，那個，我想你可能不知道，我好歹是個偶像喔？偶・像！」

擺起好像要說「別看我這樣」的姿勢，做出平常不會做的自傲舉動。

有一點……應該說是相當難為情，不過做到這個地步，就算是這名遲鈍的少年，也能夠察覺我的魅力吧。

「咦？不，妳在說什麼？歐巴桑是牛吧。」

「你、你還在說這種話……！」

「不，因為妳看。」

映照在HIBIYA遞過來的隨身鏡當中……

自信滿滿擺出偶像一般的姿勢，身軀結實的一頭牛。

驚訝的我想要摸臉，發現鏡中的牛也以相反方向做出完全相同的動作，把蹄抵著臉。

「看吧？果然是牛吧。歐·巴·桑。」

「嗚哇啊啊啊啊！嗚哇啊啊啊啊！」

我猛然爬起。

渾身是汗，像是有什麼東西在腦中攪動，思緒處於混亂的狀態，無法運作。

四周是一層薄薄的黑暗。看得到細長的光線射進來，是窗簾嗎？

我到底怎麼了？

遲緩地在腦中整理狀況，實在想不起來演變成這個現狀的經過。

底下柔軟的觸感，應該是床沒錯。

不過我是如何，又是什麼時候躺在床上的？腦中沒有這些記憶……

由於什麼也看不到，總之拍拍床鋪加以探索，發現有碰到東西的觸感，同時還聽到

「唔……」好像很痛苦的聲音。

這個聲音讓我嚇了一跳，小聲「噫！」了一聲，這才發現睡在旁邊的人是ＫＩＤＯ。

不僅如此，想到剛剛用力打了她，心中突然感到緊張。

「為、為什麼是團長？也就是說……這裡該不會是團長的房間吧？」

記憶漸漸變得清晰。

對了，記得把HIBIYA從醫院帶到祕密基地，吃過SETO煮的飯之後……

「……我在沙發上睡著了。」

腦中響起「咚——」的低沉音效。

睡著的我睡相很難看，讓哥哥打從以前就一直強調「出嫁之前千萬不能讓外人見識妳的夢話和睡相」。

不，雖然我一開始也不相信，甚至還說出「哥哥會這麼說，是因為擔心妹妹會外宿吧？」這種話。

但是自從親眼看到哥哥惡作劇錄下睡著時說的「啊，從屁股跑出來了」、「聽了我的笑話肚子會飛走喔～開玩笑的☆」等令人想要切腹的詭異夢話之後，從此再也不在外人面前睡覺。

錄影帶當然已經銷毀。

想到在客廳中央，大家面前公開那個醜態的往事，就忍不住想吐。

不，我有事先拜託哥哥「如果我在別人面前露出那個醜態，拜託殺了我」，現在又是睡在床上，也就是說應該沒有發生那種事態。

不過以後真的要小心。該不會吃飽飯馬上就睡著了……吃飽……馬上……

『歐巴桑是牛吧。』

突然想起剛才的夢，「砰！」一拳打在棉被上。

ＫＩＤＯ像是對這個動作有所反應，發出「唔唔……」的聲音。

「糟、糟糕……真要說來，都是他的錯。最近的小孩真是太囂張了……」

說到這裡突然感覺到罪惡感，不由得閉上嘴巴。

沒錯，昨天ＨＩＢＩＹＡ在醫院前面昏倒，是ＫＩＤＯ出手把他帶回祕密基地。

當時ＨＩＢＩＹＡ生氣的模樣，不是一句「囂張的小孩」就能解釋。

從來沒有像那樣瞪人的我，無法想像他的心中懷著什麼樣的情感。

「他到底發生了什麼事？話說回來……」

令人驚訝的是那對「眼睛」。

當時染成鮮紅的那雙眼睛，果然是和我還有ＫＩＤＯ他們一樣，是出現什麼「能力」的前兆吧。

雖然遇到目隱團的人們，認識除了自己以外同樣擁有能力的人，不過那個瞬間還是第一次發現能力。

「這個眼睛的成因是什麼啊？像是某種疾病……應該不是。」

有如凝視遙遠的一點，慢慢把集中力放在眼睛，可以感覺眼睛的周圍逐漸變熱。

「雖然是個討厭的能力，不過沒有這個也無法遇見大家。因為稍微有點用處，所以也有點喜歡上這個能力。」

不管怎麼樣，無法像KIDO和KANO那樣充分運用能力也是事實。

修行……是吧。話說回來，在一片慌亂之下，還沒學會怎麼運用的方法。

不過仔細想想，搞不懂那是什麼能力的HIBIYA，接下來應該也會很辛苦吧……

「……不，在對方道歉前還是先不要原諒他。」

沒錯，毫不客氣地辱罵清純少女是牛還有歐巴桑的罪比海更深。

不管遇到什麼情況，對方沒有好好道歉並且更正之前，都不能原諒他。

「好了，差不多該起床了～～對了，現在幾點了？」

從連帽外衣的口袋拿出手機，確認時間發現正好上午七點。

「喔！嗯嗯。在這個時間起床，感覺果然很舒服。在大家起床之前先沖個澡吧。」

掀起床上靠牆那側的棉被，離開被窩。

跨過KIDO下床時，順便確認睡臉，看看是否吵醒她。

「……唔～～嗯，這個人果然是美女。」

KIDO穿著普通女生睡衣入睡的模樣，以女生的觀點來看，也是足以令人嫉妒的美貌。

「這就是所謂的因為那種說話方式，更叫人受不了嗎？」

平常看起來冷傲，偶爾會顯露嬌態。以前好像聽過類似的形容詞，那叫什麼來著？

不，往往就在想不起來的時候，才會覺得似曾聽過！這樣想是最好不過的。

比起這個，還是趕快去沖澡吧。

由於不能打開窗簾，所以只能在微暗的房間摸黑前進。

途中一度撞到可能是桌子的東西，忍不住出聲「好痛！」不過似乎沒把KIDO吵醒。

明明是團長，居然這樣也不會醒……這個人真是……

打開總算抵達的房門，發現客廳相當明亮，終於有迎接早上的氣氛。

看到四周這麼明亮，心情也跟著開朗起來，帶著雀躍的心情往浴室的方向走去。

突然看向地板，發現位在沙發正下方的ＫＯＮＯＨＡ，以及在對面沙發握著手機的哥哥正在呼呼大睡。

「呵呵……哥哥這麼久沒外出，想必也累了吧。」

哥哥似乎也和目隱團的成員相處得很好，感覺我對哥哥的回歸社會做出一些貢獻。

等到哥哥確實回歸社會，再請他蓋一棟可愛的屋子吧。就這麼決定了。

穿過客廳，按下脫衣間和浴室的電燈開關，打開最下面的櫃子，將從家裡帶來的一套衣服放在洗臉台旁的空間。

接著拿出浴巾、上鎖、脫掉衣服，終於踏進浴室時，從脫衣間的門傳來「咚咚！」粗魯的敲門聲。

「呀啊！」

連忙把浴巾纏在身上，為了保險起見與門保持距離。

「不、不好意思！我是ＭＯＭＯ！我正要使用浴室！」

不過聽到我的話，對方沒有回答，繼續「咚咚！」敲門。

感覺氣氛似乎不太對勁。

如果是祕密基地的人，應該不會特地在我進來時做這種事。這麼一來，該不會是……

「強、強盜……？」

大概是聽到剛才的自言自語，門發出「砰！」的巨響。

恐懼與驚嚇瞬間讓雙腿發軟。

「嗚、嗚哇哇……對、對不起！不！我不是這個意思，呃，那個，裡面沒有貴重的東西喔！呃，是真的！對、對了對了，只有昨天被瞧不起，被人說『是牛～～』的東西呀～～實在很過分……啊、啊哈哈哈……」

就在我一屁股坐在地上，碎碎唸個不停乞求對方饒命時，門的另一邊傳來耳熟的聲音。

「歐巴桑？……話說妳也有自覺嗎？」

這個瞬間，我憑著氣勢忍不住「咚！」回敲門。門的另一邊傳來「嗚哇啊啊？」受到驚嚇的聲音。

「……你在做什麼？」

聲音因為憤怒與動搖而顫抖，不，這也是理所當然的。此時不發怒，何時才要發怒？

「先、先冷靜一點！對不起，那個……我的背心有沒有在裡面？」

「背心？」

我朝剛才拿出衣服的櫃子最上層一看，的確有件像是ＨＩＢＩＹＡ衣物的白色背心摺好放在那裡。

「啊啊，是這件嗎？有啊。」

「真、真的嗎？把它還給我！裡面放著很重要的東西！」

「你說裡面有重要的東西……啊哈。所以才這麼緊張。原來是重要的東西啊～～……不知道裡面放著什麼東西呢～～？」

我一邊帶著滿腔的怒氣，一邊壞心開口。ＨＩＢＩＹＡ大概是感受到話裡的惡意，回了很好的反應：

「嗚、嗚哇啊啊！不准搶走喔！那是別人送我的貴重東西！絕對不准搶喔！」

「聽你這麼一說更想搶了。讓我看看……」

「住手！我叫妳住手！」

我不理會持續咚咚敲門的ＨＩＢＩＹＡ，把手伸進背心口袋，指尖傳來紙袋的觸感。

「喔喔找到了找到了。袋子裡面有什麼呢～」

「不、不要啊啊啊啊啊啊啊啊啊啊啊！」

不太記得從袋子裡面拿出東西之後的事。

只記得一邊說「拜託！這個讓給我好嗎？」一邊跑出脫衣間，看到我的模樣滿臉通紅的ＨＩＢＩＹＡ，以及淡淡的海洋氣息。雖然為此反省，不過我不後悔。

＊

「原來如此～嗯嗯，因為被吞進去了……真是糟糕……」

「……那個，歐巴桑，妳完全搞不懂吧。」

「啊哈哈……不過有抓到重點……」

現在應該距離祕密基地很遠了吧。前進的步道因為行道樹形成良好的遮蔭效果，以晴天散步來說，堪稱絕佳路線。

在那場爭執之後，HIBIYA果然不出所料很快衝出祕密基地。

KIDO也說過「突然顯現能力會很危險」拚命阻止，不過HIBIYA聽不進去，最後變成我也一起跟來，就是目前的狀況。

總之先在便利商店買了三明治當早餐，兩人把三明治吃光之後，HIBIYA才告訴我關於他所經歷的那場意外。

然而——

HIBIYA告訴我的意外內容，大部分都很難理解。

從被貨車壓過開始，突然迷失在不可思議的世界的事。

然後HIBIYA在那裡無數次目擊女性朋友死去的模樣，最後只有自己一個人被扔到外面。

題外話，ＨＩＢＩＹＡ把同樣的話重覆三遍，才讓我有這種程度的理解，考慮到花費的勞力，他其實是個好孩子。

然後知道我的頭腦真的很不好。真是遺憾。

「唔～～嗯。簡單來說，ＨＩＢＩＹＡ希望設法找到那個名叫ＨＩＹＯＲＩ的失散女生吧？」

「咦？啊，嗯……簡單來說。」

ＨＩＢＩＹＡ雖然一副想說什麼的表情，或許是判斷即使說了也沒用，所以沒有再多說什麼。

「你喜歡她嗎？」

「嗯。啥！有必要問這個嗎？」

「啊～～果然。不不～～真是早熟～～」

面對小學生天真的反應，嘴角忍不住上揚，這下越來越像「歐巴桑」了吧？總、總算勉強克制。

「啥……！唉。沒錯。她是我一直喜歡的女生。唉……雖然被甩了。」

「咦？被甩了？哇啊～～！」

「吵死了，歐巴桑！幹嘛這麼激動……」

HIBIYA嘴巴雖然這麼說，還是不好意思地低頭。

那個模樣，只是個正值青春期的男孩子。

話說回來，就算我對剛才的對話只有一知半解，還是覺得HIBIYA被捲入的狀況太過殘酷。實在不是年紀這麼小的男生能夠獨自處理的問題。

「不過我要救她。」

然而HIBIYA無視我的擔心，小聲卻清楚地說出這句話。

「那麼，非救不可。」

「……嗯。無論如何。」

有沒有我們可以幫忙的事呢？

不，話說ＨＩＢＩＹＡ為什麼要拘泥在一個人呢？

「我知道ＨＩＢＩＹＡ是為了找她才跑出來，不過應該很困難吧。比起一個人，大家一起找不是比較好嗎？」

面對我的問題，「唉……」覺得麻煩的ＨＩＢＩＹＡ用力嘆氣。

「因為光是要讓歐巴桑明白就花了不少時間吧？因為時間緊急，會覺得一個人行動比較好也是沒辦法的事吧？」

「唔……」

一下子就被他說的話駁倒。

不過要說不甘心，反而忍不住對「最近的小學生真是聰明」感到佩服。

「而且……」

「而且什麼？」

「而且不相信就算了，要是加以妨礙我可受不了。因為我想把握每一分一秒救她。」

ＨＩＢＩＹＡ雖然年輕，卻以堅定的眼神看著前方，甚至讓人覺得可靠。

不過因為年紀小，所以內在也很脆弱。

從鄉下來到這裡的HIBIYA不但人生地不熟，身上似乎也沒有多少錢。

加上還不會使用覺醒的眼睛能力，萬一失控可就糟了。

「……果然還是讓我跟你去吧。總覺得不放心。」

聽到我的說法，HIBIYA突然停下腳步，以不信任的眼神由下往上看著我。

因為不擅長應付這種眼神，我忍不住露出奇怪的笑容，想要含糊帶過。

「歐巴桑幫助我有什麼好處？那些人也是。為什麼想幫助我？我無法信任你們。」

HIBIYA雖然話中帶刺，不知為何令人覺得憐愛。

這種感覺讓自己為何無法放任他不管的理由，變得更加明確。

「……和哥哥一模一樣。」

「咦？妳說什麼？」

「好～～！決定了！既然如此就這麼做吧。我來幫助HIBIYA，如果能找到那個女孩，HIBIYA以後就不能再叫我『歐巴桑』。還有也不能叫我『牛』。還有……不、不能……不能說我『胖』……」

後半段是連自己都有點難以啟齒的話，所以越說越小聲。

「啊？那是什麼？對歐巴桑來說，那是『好處』嗎？」

「沒錯。我只要這樣就滿足了！啊，要是不嫌棄，變成同伴說不定也很開心！」

我雙手抱胸，充滿自信地說道，這時ＨＩＢＩＹＡ第一次露出笑容。

「……真是奇怪。那麼要是歐巴桑也找不到呢？歐巴桑要幫我做什麼？」

「唔～～這個嘛……那麼……」

雖然思考著該怎麼辦，其實根本沒有這個必要，是個非常簡單的問題。

『如果是目隱團的成員應該會這麼說。』

只要把我想到的事，直接傳達給他就好。

我看著ＨＩＢＩＹＡ的眼睛，把話說清楚：

「……我會一直支持你，直到找到為止。」

目隱團的大家一定知道獨自煩惱有多辛苦。
我因為受到大家的幫助，才能露出笑容。
既然這樣，這次輪到我支持別人。
這一定是身為目隱團的我最重要的任務。

面對小學生，我在害羞什麼啊？
其實有所自覺說出相當難為情台詞的我，同樣紅著臉稍微低下頭。
如此說道的ＨＩＢＩＹＡ羞紅著臉，轉過頭去。
「歐、歐巴桑在說什麼難為情的話啊？」

在我想著這些事時，ＨＩＢＩＹＡ的身體搖搖晃晃。
我連忙扶住他的背，只見ＨＩＢＩＹＡ恢復平衡用手按住頭。
「奇怪，怎麼了？忽然有點頭暈……」
「怎、怎麼了……啊！」
看著ＨＩＢＩＹＡ的臉，之前右眼被手遮住看不見，這下我注意到他左眼染上赤紅色。

糟糕。眼睛的顏色……這一定是ＨＩＢＩＹＡ發動能力的證據。

在這之前看到的都不是會對周圍造成嚴重破壞的能力，不過各種能力之間的關聯性極低，我實在無法預測ＨＩＢＩＹＡ現在發動的是哪一種能力。

面對突如其來的發展，恐懼感頓時襲來。

不行。剛剛才說要支持他，我要振作一點……！

「ＨＩＢＩＹＡ！身體有哪裡不舒服嗎？」

「唔，嗯。身體還好……不過我好像看到奇怪的東西。這是什麼，時鐘塔……？好像是四層樓的建築物。是……學校嗎？好像看到體育社團的人。」

ＨＩＢＩＹＡ突然看著半空中，開始說出某個地方的特徵。

然後隨著ＨＩＢＩＹＡ說出越來越多的特徵，我發現那裡簡直就是某個場所。

「那、那是我就讀的學校吧？」

「咦？這裡嗎？啊，真的，有個寫著『如月桃』的鞋櫃。這裡是……教職員室？啊，『如月桃』地理考試……一分？」

「哇啊啊啊啊啊啊啊？為、為什麼ＨＩＢＩＹＡ會知道這種事？」

話題突然變成考試的結果，那確實是我之前地理考試的分數。

話說回來，為什麼ＨＩＢＩＹＡ會知道？變成赤紅的眼睛、ＨＩＢＩＹＡ說的話，就連是個笨蛋的我，也能輕易猜到這個能力的真實面貌。

「千、千里眼……？」

「……好像是。」

兩人視線對上的瞬間，ＨＩＢＩＹＡ的眼睛從赤紅色慢慢變回原本的顏色。

「咦、咦！看不見了……為什麼？」

「唉～～……這種眼睛真的有各式各樣的能力。」

出現在ＨＩＢＩＹＡ身上的能力，似乎是能夠看到遠方事物的能力。

不只明確說出我的學校的特徵，甚至連我的分數都能看到，恐怕是個能在某種程度控制自己想看什麼的能力。

「那個能力真棒……」

我以不成熟的態度垂下肩膀。

如果有什麼「希望獲得的能力排名榜」，HIBIYA的能力一定是排名前幾名。

反觀我的能力……引人矚目。總而言之就是引人矚目。既然這樣，方便一點的能力還比較好，有生以來第一次這麼想。

「咦？什麼？這是怎麼回事？」

HIBIYA一副不知所措，完全搞不清楚狀況的模樣。

這也是理所當然的事。當初獲得能力時，我甚至沒有察覺自己有這種能力。

「呃，你聽我說。簡單來說，HIBIYA獲得了眼睛變紅時能夠看到遠處的能力……應該。」

「紅色的眼睛……？」

「嗯，剛才HIBIYA的眼睛變得一片赤紅。」

HIBIYA瞬間僵硬，隨後換上至今從未看過的開朗表情。

「妳是說類似超能力嗎？」

「嗯、嗯……應該是。」

老實說我也不清楚這個能力的真正面貌，不過大概是這樣，應該沒錯吧。

只是HIBIYA為什麼要看我的學校？這到底是怎麼回事……

「雖然搞不太懂，不過所謂的千里眼……這樣就可以找到HIYORI嗎？」

聽到HIBIYA的話，突然驚覺過來。

沒錯。HIBIYA的能力就是最適合拿來找人的能力不是嗎！

如果能夠藉由這個力量找到HIYORI的所在位置……

「沒錯，HIBIYA！太棒了！快點，再試一次！」

「嗯、嗯！好～唔喔喔喔喔……出現吧啊啊啊啊……」

HIBIYA好像某部漫畫的主角頭髮即將變成金色一般，擺出姿勢開始用力。

「嗚喔喔喔……」

「嗯嗯！加油……！」

「唔嗚嗚嗚……啊啊啊……」

「就是這樣！加油！」

「呼嗚嗚嗚……唔喔喔喔……！」

……大概過了三分鐘吧。

開始感覺還在持續施力的ＨＩＢＩＹＡ有點可憐。

「……還是看不到？」

「唔喔喔喔喔……完……完全看不到啊啊啊啊……！」

看來似乎沒有發動能力，果然還是無法自由運用的樣子。

好不容易獲得能夠實現ＨＩＢＩＹＡ願望的能力，不會使用就沒有意義。

要是設法再發動一次就好了，如何提升集中力等也是問題。

「唔～～真傷腦筋。總覺得再發動一次，就能夠看到……啊。」

就在穿著迷你裙的女性經過拚命施力的ＨＩＢＩＹＡ旁邊的瞬間。

一陣風猛然吹動女性的裙子，ＨＩＢＩＹＡ的視線瞬間盯住那名女性不放。

「啊！好像看得見了！剛才那個女人的……房間？有照片……啊，一堆待洗衣物……

呃，好痛？」

我往ＨＩＢＩＹＡ的頭用力打下去，赤紅色迅速從ＨＩＢＩＹＡ的眼睛褪去。

「我說啊！你到底想不想做？話說那是什麼發動條件！色心嗎？」

「我、我也不知道！自然就變成那樣！」

「啊啊～～……還『不過我要救她』咧。唉，正值青春嘛。」

「都說不是了！啊啊，真的搞不懂是怎麼回事……」

我不理會拚命解釋的ＨＩＢＩＹＡ，腦中有個假設。

不，如果真是這樣，狀況瞬間變得很糟。

「吶，歐巴桑。要怎麼樣才能看到ＨＩＹＯＲＩ所在的地方……？」

ＨＩＢＩＹＡ的能力第一次出現在「看到我的時候」。那個時候能夠看到我就讀學校的全貌。

第二次展現能力是在看到女人的……不，「看到女人的時候」。結果變成偷窺女性房間的惡劣行為。

因為只發動兩次所以還不能確定，不過從先前的這兩個例子來看，ＨＩＢＩＹＡ的能力內容……

「HIBIYA能用那個眼睛『看到』與親眼見到的對象有關的地方……？」

「咦？那是什麼意思……」

HIBIYA正想問我時，一輛汽車停在我們身邊，短短按了幾聲喇叭。

轉頭一看，發現坐在車上的是暑假期間最不想看到的人。

「喲，如月。有在讀書嗎？」

「請你招呼要手下留情，老師……」

降下左駕的車窗，向這邊開口的楯山老師以一如往常吊兒郎當的模樣，一邊叼著香菸一邊開口。

「歐、歐巴桑，這個人是誰……？」

面對突然出現的奇怪大叔，HIBIYA提高警戒。

「啊，不用擔心。他是學校的老師。」

「咦，是這樣啊。感覺……好獨特。」

HIBIYA應該是搜尋不會得罪人的形容詞，從中挑選了最適合的詞彙。

不過獨特這個說法聽起來不像稱讚，大概是因為其他形容老師的詞彙只剩無精打采。

「喔，如月在做什麼？約會嗎？真令人羨慕。舉行婚禮時記得請我。」

「不，不是的。我在幫他找人。」

聞言的老師盯著ＨＩＢＩＹＡ，然後露出微笑舉起大拇指，指示後座。

「既然這樣，我載你們過去吧？我的開車技術一流喔。」

「不，老師！沒關係！他並不是那種類型！」

憑著氣勢連忙拒絕，老師看起來情緒明顯低落。

「什麼嘛……中元節也不能去哪裡……丟下我一個人自己跑去玩啊……」

只是情緒低落還不夠，老師使出惡劣的消極宣傳。

沒有比這個年紀的大叔的消極宣傳更叫人難受的事。

「那、那個……」

就在我嘆氣時，ＨＩＢＩＹＡ出乎意料地向老師開口。

「喔？什麼事啊，小朋友？」

「呃……車站那邊應該有個公園，就在十字路口附近……如果方便的話，想請你載我過去那邊。」

瞬間無法理解HIBIYA說了什麼，不過想起不久之前重覆三遍的出發地點，這才理解HIBIYA的想法。

「這樣說不定不錯喔……！老師，可以麻煩您嗎？」

老師露出非常開心的表情，擺出嚴肅的態度，再次指向後座。

哎，這個人其實只是想要帥吧。

「哼，真是沒辦法。上車吧，小鬼們。」

「HIBIYA，我們還是搭計程車去吧？」

「啊啊啊啊啊啊啊！對不起！請你們上車！」

發出「喀噠！」聲打開後座車門，隨即飄出混雜菸味和芳香劑，汽車特有的空氣。

坐進車內往裡面移動，HIBIYA也跟著坐進來，接著關上車門。

「不好意思，老師。那就麻煩您了。」

「喔，包在我身上。吶，小朋友，如果是車站前的公園，我想到一個地方。先過去那邊好嗎？」

「好、好的！麻煩您了。」

發動的汽車內部因為空調的關係，感覺非常舒適。

看向時鐘，時間差不多是下午二點。

和ＨＩＢＩＹＡ在一起過了六個小時，不過ＨＩＢＩＹＡ的能力真相還是不明。

不過要是之前的假設屬實，ＨＩＢＩＹＡ的能力就不是看到「人」，而是看到「場所」的能力。

這麼一來，就變成為了「找出ＨＩＹＯＲＩ的所在地點」而「需要ＨＩＹＯＲＩ本人」的棘手情況。

這樣要用ＨＩＢＩＹＡ的能力找尋ＨＩＹＯＲＩ，可以說是非常困難的事。

話說回來，「不清楚自己能力的使用方法」是件相當麻煩的事。既不是和誰有相同的能力，當然也不可能有說明書，或是有人可以從旁指導。

只有本人才知道使用方法，就類似「有手臂卻不知道如何運用」的說法。

相較之下我的能力就很輕鬆。

「吸引人們目光」的能力，使用方法只有ON和OFF。

然而HIBIYA不像我害怕能力，反而為了救出HIYORI，想盡辦法運用比我更加複雜的能力。

所以我無論如何都想幫助他。

如果在接下來過去的公園能發現什麼線索就好了……

突然看往HIBIYA的方向，令人驚訝的景象映入眼簾。

HIBIYA的眼睛染成赤紅，緊緊盯著老師座位的背面不放。

這到底是怎麼回事……如此心想的我也看了過去。嗯，雖然早在預料之中，封面是性感寫真偶像的雜誌就塞在座位後方的袋子裡。

瞬間抽出雜誌捲成圓筒狀，「啪！」用力打在HIBIYA的頭上。

「好痛！呃……嗚哇！不、不是！不知不覺就看到了！」

「不～～知～～不～～覺～～？根本是死盯著不放吧？居然在濫用！」

高聲大叫的我突然想到什麼看向前方，只見老師正透過後視鏡笑著看過來。

「喂喂，如月。男人就算心裡知道，有時候視線還是會不小心飄過去……對一兩本色情書刊吃醋，可是撐不久喔。」

我在腦中整理狀況，突然理解老師話中的意思，臉上差點噴火。

看在不清楚HIBIYA能力的人眼裡，只覺得現在的我是個對坐在旁邊的男生，因為瞄了幾眼性感雜誌就吵吵鬧鬧，愛吃醋的女生吧。

「我、我不是這個意思！」

「啊～我懂我懂。我也經常被老婆罵，能夠明白那種心情。」

「嘎啊啊啊啊啊！夠了！我要下車！請讓我下車！」

聽到我的大吼大叫，車子打著方向燈停在路邊。

「咦？啊，真的停車了……？」

「哈哈哈！很遺憾，目的地到了。接下來就交給你們兩個人了。」

聽到老師的說法，不由得看向窗外，平淡無奇的小公園出現在眼前。

那是個無法與不久前HIBIYA話中舞台聯想在一起，隨處可見的公園。

要是能在這裡找到有關HIYORI的線索就好了……

打開車門的ＨＩＢＩＹＡ率先下車，我也緊跟在後。
我們重新面對車子，老師降下車窗點了一根菸。
想必在我們下車之前，老師一直忍住不抽菸吧。
「總之能夠打發時間真是太好了。雖然我不太清楚實際情況，你們好好加油找人吧。話說最近還會在暑期輔導與如月碰面。」
「咕唔唔……是的。還請多多指教……」
「謝、謝謝。呃……啊，不好意思。還沒告知我的名字。我叫ＨＩＢＩＹＡ。」
或許是覺得ＨＩＢＩＹＡ到了告別之際突然自我介紹很有趣，只見老師哈哈大笑，像是回應ＨＩＢＩＹＡ的話一般開口：
「喔，我叫楯山。再見了，ＨＩＢＩＹＡ。」
如此說道的老師升起車窗，揮揮手發動車子離開。
「唉。至少放假時不想去想補習的事，還是想起來了……嗯，ＨＩＢＩＹＡ怎麼了？」
「嗯？不……我好像在哪裡聽過那個人的姓……」
「唔～畢竟不是常見的姓，最壞的情況是認識的人吧？」
「說、說什麼最壞的情況……」

ＨＩＢＩＹＡ露出苦笑，接著像是切換心情一樣看往公園。

「怎麼樣，ＨＩＢＩＹＡ？看得到嗎？」

「沒、沒辦法這麼突然……不過我試試看。」

ＨＩＢＩＹＡ凝視公園，為了發動能力集中精神。

明明是假日，公園卻不可思議地看不到小孩子，在聽過發生在ＨＩＢＩＹＡ身上的事，感覺就像公園吞噬了來玩的小孩，讓人覺得有些恐怖。

ＨＩＢＩＹＡ努力想要發動能力，然而直到太陽下山都找不到ＨＩＹＯＲＩ的蹤影。

＊

從樹木縫隙正好可以看到浮在藍色夜空中的巨大月亮，發出朦朧的月光。

坐在公園長椅上好幾個小時。

在那之後HIBIYA持續幾個小時集中精神，不過明顯看得出來他的體力與精神都已達到極限。

最後別說是掌握能力的真相，連發動都做不到，只有體力衰弱非常不妙的現況，無論是誰都看得出來。

「吶、吶……HIBIYA，今天已經很晚了，還是明天再努力？」

「啊啊，歐巴桑可以先回去……我自己找就好……」

「那怎麼可以！因為HIBIYA已經快不行了吧？最好先休息一下……」

話聲方落，就被HIBIYA瞪了。

和昨天第一次見面時一樣，眼神充滿冷酷與憎恨。

「噫……」

被HIBIYA驚人的氣勢壓過，頓時什麼話都說不出來。

說得也是，現在的一分一秒都可能決定HIYORI的生死，HIBIYA當然不可能說出「休息」這種話。

HIBIYA再次低頭，繼續集中精神看向地面。

就在我什麼也做不到，只能看著他時，有水滴落在HIBIYA的腳邊。

不須多想也能理解那是什麼，胸口強烈揪緊。

「這算什麼……！這種能力根本派不上用場……！」

面對ＨＩＢＩＹＡ的眼淚，我找不到安慰的話。

派不上用場的人是我。表示要支持他的話說得這麼冠冕堂皇，結果什麼也……

如此心想的瞬間，連我的眼睛也開始有眼淚打轉。

然後很快決堤，靜靜沿著臉頰滑落。

ＨＩＢＩＹＡ突然站了起來，往公園的出口走去。

「你、你要去哪裡？」

即使我用會被發現正在哭泣的沙啞聲音開口，ＨＩＢＩＹＡ仍然不予理會，繼續往公園的出口走去。

我忍不住站起來握住ＨＩＢＩＹＡ的手，發現他的手在發抖。

「靠這種東西找一輩子也找不到。直接去找還比較快。」

「這個時間找人太困難了，明天大家也一起去找吧？好嗎？」

聽到我說的話，ＨＩＢＩＹＡ粗魯甩開我的手。

「我不是說過……沒辦法相信你們嗎？我連這個能力都再也沒辦法相信……」

HIBIYA再次打算前進，卻突然止步。

接著走了幾步，撿起掉落在公園裡的什麼東西。

那是和放在HIBIYA背心口袋裡一樣的東西。

「這是HIYORI買的東西……」

唸唸有詞的HIBIYA突然跪倒在地。

「HIBIYA？」

我趕緊跑到他的身邊，發現HIBIYA顯得十分憔悴。

「振作一點！我們一起努力……好嗎？」

「說不定我已經不行了……HIYORI……連HIYORI是否還活著都……」

「……不行！」

那是最不能說出口的話。

如果不相信某人還活著、不去尋找，那個人說不定真的會消失不見。這是我打從以前就深信的事。

「不行……不能說這種話……不可以放棄……！我……我相信HIBIYA……！」

「那麼、那麼我該怎麼辦才好！HIYORI已經不在這裡……這麼一來就連『看』都做不到。」

沒錯，的確如此。到頭來如果是必須看到「人的模樣」才有意義的能力，HIYORI不在這裡根本沒有意義。

那該怎麼辦才好……

「……不對。」

在這個瞬間，腦中某個不協調的感覺開始閃現黯淡的光。

明明是這麼簡單的事，為什麼沒有早點發現？

「……吶，HIBIYA。當你看到老師車上的那本……色情書刊時，你『看到了』什麼？」

聽到我的問題，HIBIYA雖然瞬間僵硬，不過還是老實回答：

「妳問那個時候……當時我根本沒使用能力啊，那個……就說只是剛好看到。」

剛才出現在腦中的假設突然搖身一變，開始聚集成「真實」的模樣。

HIBIYA當時確實發動能力。

然而HIBIYA卻說沒有使用能力，也就是說「他想使用能力卻什麼也看不到」。

「這麼一來，說不定行得通……！」

「啥！怎麼回事？」

「吶，ＨＩＢＩＹＡ看到『人』的時候，其實是看到『地方』對吧？可是ＨＩＢＩＹＡ看到『書』時『什麼也看不到』。」

聽到我的說法，ＨＩＢＩＹＡ露出搞不清楚狀況的模樣疑惑偏頭。

「也就是說，這麼努力都無法發動能力，當時看到那本『書』的ＨＩＢＩＹＡ眼睛卻變成紅色。所以我認為能力已經發動了。」

「可是妳說『什麼也看不到』……」

「不，說不定已經『看到』了。吶，可不可以這樣想？如果藉由『人』能看到『場所』，那麼看到『東西』時呢？」

「……『持有者』？」

沒錯，要是ＨＩＢＩＹＡ的能力是看到「東西」就能看到「持有者」的能力，那個時候ＨＩＢＩＹＡ的眼睛「看到」正在開車的老師。也就是說，因為是不用使用能力就能看到的人，所以誤以為「什麼也看不到」。

「雖然一切只是假設，不過如果真是這樣……」

HIBIYA或許搞懂我的意思，緊緊握住手中HIYORI掉落的紙袋。

「……我來試試看。」

HIBIYA打開紙袋，從裡面拿出來的是用來綁頭髮的橡皮筋。

「什麼啊，看起來好像比我的便宜。」

如此說道的HIBIYA，開始把精神集中在手上。

要是剛才的假設正確，這次應該能夠看到HIYORI的身影。

不過HIBIYA遲遲無法發動能力，時間一分一秒過去。

「歐巴桑……我好像沒辦法集中精神……」

HIBIYA的眼睛看起來很空洞，似乎隨時都會倒下。

這也是理所當然的事。從昨天到今天，不知道承受了多少壓力。

果然還是明天再努力比較好……

不……應該不行。

我現在說「回去吧」，HIBIYA肯定不會答應。

如果我的能力能夠幫助他就好了。

……話說回來，今天好像一直忘記什麼。到底是什麼？

和自己的能力有關，非常重要的事……

「啊啊啊啊！」

「哇啊！歐巴桑怎麼了……」

「我、我、我可以一個人出門了？」

「咦？不，還有我吧……」

「太、太棒啦啊啊啊啊啊啊！也就是說可以控制了？」

「什麼……？」

在冷眼看著我的HIBIYA旁邊，我為自己的大幅成長感到喜悅。

一直以來嚮往的平凡生活，終於可以實現了。現在不開心，什麼時候才要開心。

然後還有另外一件事。

我想到如何使用自己擁有的「能力」了。

「哎呀～～哈哈。抱歉抱歉，不過我想到了。能夠幫得上忙的事。」

「歐巴桑能做的事……？」

「嗯，那個橡皮筋可以借我一下嗎？」

從ＨＩＢＩＹＡ手中接過橡皮筋站起來，與ＨＩＢＩＹＡ稍微保持距離。

「……歐巴桑到底想做什麼？」

「別多話，仔細看喔。」

我舉起拿在右手的橡皮筋，閉上眼睛集中精神。

把視線集中在橡皮筋的一點。

沒錯，就像在百貨公司做的事一樣，為了ＨＩＢＩＹＡ火力全開！

注入力量睜開眼睛，我們所在的公園，不知為何似乎變得比剛才更耀眼。

「歐巴桑好厲害，光聚集過來了……感覺好像偶像。」

「對吧。為你唱一首歌也可以喔！等到找到之後。」

眼睛閃耀赤紅光芒的HIBIYA大喊：「那就上吧！」

找到之後，不可以再叫我「歐巴桑」囉。

我一邊想著這些事一邊抬頭看著天空，感覺月亮好像認真盯著這邊，身為還不習慣站上舞台的新人偶像，對此莫名感到不好意思。

陽炎眩亂 IV

「你。喂～我說你啊。」

「我聽得見……有什麼事嗎？」

「是嗎？你果然中意那個孩子吧。」

「好像是這樣……不過果然還是不甘心。」

「我也能理解這個心情。不過之前也說過吧。」

「咦？」

「有利用你的『眼睛』與外面那些人的『眼睛』能找到的東西。所以一定可以。」

「這麼說也沒錯。差點就忘記了。」

「所以我不是說過嗎？不可以忘記。」

「這個我記得。」

「這樣啊。那麼我想說的話都講完了。」

「……對了。我可以問一個問題嗎？」

「嗯。沒問題。」

「所謂其他人的『眼睛』應該怎麼尋找……」

「啊啊，那還不簡單。眼睛會變成一片赤紅，所以非常容易發現。」

「一片赤紅……我也會變成那樣嗎？」

「當然。很帥喔。是英雄的顏色。」

「要是能變成那樣就好了……」

「沒問題。要相信自己。」

「好的。啊，時間差不多了。」

「嗯。自己小心。不可以忘記『她』喔！」

「知道了。我這就過去。啊，不好意思，最後還有一件事。」

「嗯。什麼事？」

「那個紅色圍巾，是對誰來說的英雄顏色嗎？」

「唔～嗯，是誰呢？啊，對了，到了外面再問別人吧。應該會有人回答。」

「是嗎？好像差不多該道別了。」

「嗯。再見……會再見嗎？」

「會的。一定。」

「嗯。那麼再見。」

開演防災行政無線

迎面望著月亮，一步一步走向祕密基地。

「實在很不好意思。歐……不對，ＭＯＭＯ。」
「這也是沒辦法的事吧～？因為ＨＩＢＩＹＡ突然倒下。還有你說錯了吧。」
「不，一時之間很難改口……！」
「少說廢話！我的腳也很痛。好了，就快到了。」

從公園到祕密基地的距離很遠。
背著ＨＩＢＩＹＡ走路的雙腿，等到坐下之後應該動彈不得了吧。

「……妳覺得大家會相信我說的話嗎？真的會幫助我嗎……」

「還在懷疑啊？你就相信吧！因為我們是同伴吧？」

「什、什麼時候變成同伴的？」

「唔～從今天開始。」

ＨＩＢＩＹＡ顯然不知所措。

這也是理所當然。ＨＩＢＩＹＡ昨天和哥哥吵架，又對ＫＯＮＯＨＡ口出惡言。最後還擅自跑出祕密基地，ＫＩＤＯ也很擔心吧。

「啊～……好吧，應該沒問題。」

「剛、剛才那句話聽起來有點不妙？」

「開玩笑的！啊～……說不定是上段。」（註：開玩笑和劍道裡的上段日文發音相似）

「刺擊嗎？會被刺嗎！」

在捉弄反應很有趣的ＨＩＢＩＹＡ時，終於看到祕密基地了。

「喔，你看你看～～看到祕密基地了～～」

「嗯、嗯……」

「啊，對了。必須在向大家介紹那個能力前，先取好名字。」

「咦？有這種事？」

「沒錯。」

當然沒有這種規定，不過大家不知道為什麼都會取名字，有個名字感覺也比較好。

「ＨＩＢＩＹＡ是能夠看到遠方的能力～～……唔～～嗯……」

「……『目凝』如何？」

「咦？」

「如果沒有人用『目凝』應該滿適合我的。而且感覺起來是個很厲害的能力。」

「……是想幫你取啦。不過這名字還滿帥的。」

「不，講什麼啊……？」

就在我和ＨＩＢＩＹＡ對話時，逐漸看到祕密基地的門。

終於可以把今天的ＨＩＢＩＹＡ和我的活躍說給大家聽了。

我在門口前把HIBIYA放下，充滿氣勢打開門。

「我回來了～～！MOMO和HIBIYA回來……了……？」

祕密基地客廳的景象超乎想像地混亂。

首先沙發上是登山家打扮，呈現瀕死狀態的哥哥發出「啊啊……歡迎回來……」有如蚊子叫的聲音，上半身赤裸的KONOHA一臉茫然看向這邊。

MARI正在縫補KONOHA開了一個大洞的上衣，至於KIDO則是埋頭閱讀內容不明的古老手記。

忽然驚覺過來的KIDO，「啪！」一聲闔上書本站起來，走到我們的眼前。

「喔喔，一個人外出沒問題嗎，KISARAGI？我很擔心呢。喔，HIBIYA也在，你們回來得正好。」

「請、請問……團長？這、這到底是怎麼回事……？」

聽到我的問題，ＫＩＤＯ以無比認真不帶惡作劇的表情，對著屋內的所有人說道：

「ＫＩＳＡＲＡＧＩ也回來了，從現在開始要進行『陽炎眩亂攻略作戰』！大家作好準備不要鬆懈！」

「……咦？」

「吶、吶……ＭＯＭＯ。我呢？」

在完全無法理解的情況下開始的「陽炎眩亂攻略作戰」即將成為目隱團的最後作戰。此時的我當然無法得知，那是與目隱團的成員一起度過的最後時光。

偽記

大家好，我是這次為了慶祝《KAGEROU DAZE陽炎眩亂》第三集發行，擔任執筆的石風呂。

認識我的人可以用「又是這傢伙啊……」的態度不予理會沒關係，至於有「你是什麼貨色？」想法的人，請務必用任何方式查查「名叫石風呂的VOCALOID CREATOR是什麼人啊？」肯定會幸福的。

好了，上一集SHINTARO終於拿到傳說之劍「最終元素」擊敗邪惡組織「目隱團」第四百二十七支部團長的KIDO－N為故事畫下句點，沒想到這次的舞台竟然換到柏學園，じん桑的演出還真是優異……！

由ENE、MOMO，以及SHINTARO三人展開的輕鬆學園戀愛喜劇，可以說是本作的樂趣！

然後在故事中段，好像把重點放在之前一直散發詭異氣氛，卻遲遲沒有解釋的KA－N

O身上，千萬別錯過接下來的故事發展……！

各位覺得如何？

題外話，我還沒看過第三集的原稿。實在很抱歉。

本書的作業真的直到最後一刻才完成，我又完全被別的工作追著跑，所以沒時間閱讀。我也是被逼得很緊。

至於內容方面，在實際到書店排隊購買之前我想抱著期待的心情，不喜歡隨便看幾眼就交差了事。

附帶一提，剛才寫的內容，和《KAGEROU DAZE陽炎眩亂》真的一點關係也沒有。如果有人因此不開心，我在此說聲對不起。

じん桑，雖然到最後才說，恭喜第三集發行！

じん桑的作品總是、總是讓我獲得很大的樂趣，相信這一次也不會讓我失望。

感謝大家閱讀本人拙劣的文章。希望還能在別的地方與大家見面，再見！

石風呂

後記　看不下去的內容

我是じん。

看完《KAGEROU DAZE陽炎眩亂3 -the children reason-》，大家覺得如何？

舞台一樣是夏天。這集是鋪陳新角色與新故事發展的一集。

說到第三集的發行，其實與第一集發行剛好隔了一年。

不不，現在行程的緊湊程度比起去年有過之而無不及。

每次寫這種事，似乎會被人說「又在抱怨時間不夠之類的事嗎？這個糞金龜」，不過隨著集數增加難度也跟著提升。誰來救救我啊。

因為時間太過緊湊，老實說這幾天除了洗澡上廁所之外，我全都關在房間裡。

這間房間在開始執筆時還是味道清新的房間，不知何時出現大量的便當與保特瓶的垃圾山，現在這篇後記也是在垃圾的包圍下寫的。

啊啊……寫完這篇就能與它們道別了。

就能讓事務所的人來把它們掃地出門（自己整理吧）。

對著在絕望狀況持續寫作的我，給予「打起精神來」聲援的只有垃圾。

謝謝，再見。

在持續進行這麼吃緊的工作行程時，叫外賣的機會很多，不過那個很辛苦。

門鈴響起，打開大門，就看到每個人都是一副「啊……（了然於心）」的表情。

會出現穿著運動外套，看起來不太健康的男人也是理所當然的吧。好想死。

遇到連續兩天叫一樣的外賣，連續兩天都由一樣的人送來的日子是最糟糕的。

我：「（邊付錢邊開口）啊、啊啊～～……哎呀，每天麻煩妳了。我大多是在家裡工作。」

女店員：「是、是這樣啊……哈哈……那麼我先走了（關門）。」

我：「……吃飯吧（一個人）。」

幾乎都是這種情形。

這些都還可以忍耐。

最難熬的還是內心非常寂寞。一個人吃一個披薩真的很寂寞。

因、因為這樣，在執筆結束之後我要去哪裡走走！
已經好一陣子沒放假，偶爾放鬆沒關係吧。
如果要去，我想去鄉下。因為我出身在超級鄉下地方，都市讓我覺得很累。
然後想趁這個機會，在旅行的鄉下地方和可愛女生培養感情。
哎呀，神啊，真的要請祢給我機會。我差不多要生氣囉（一臉認真）。

話說回來，編輯大人突然出現在家裡——
編輯大人：「第三集大概這個時候回稿。」
我：「噫呀～～～！」
在發展成這種狀況時，我已經考慮要寫遺書，不過好不容易撐過來，為此鬆了口氣。
就是這麼努力。
到下一次執筆小說的時間應該相當充裕，所以我想好好放鬆一下。
不不，不要跟我說馬上就要開始執筆第四集這種話。稍微悠閒沒關係吧。
編輯大人不會沒人性到那種地步，現在一定可以悠閒度假……

喔，好像有誰來了。這麼晚了會是誰呢？
好像有股不祥的預感。
總之這集先到這邊。我們下集見了。再見再見。

じん（自然の敵Ｐ）

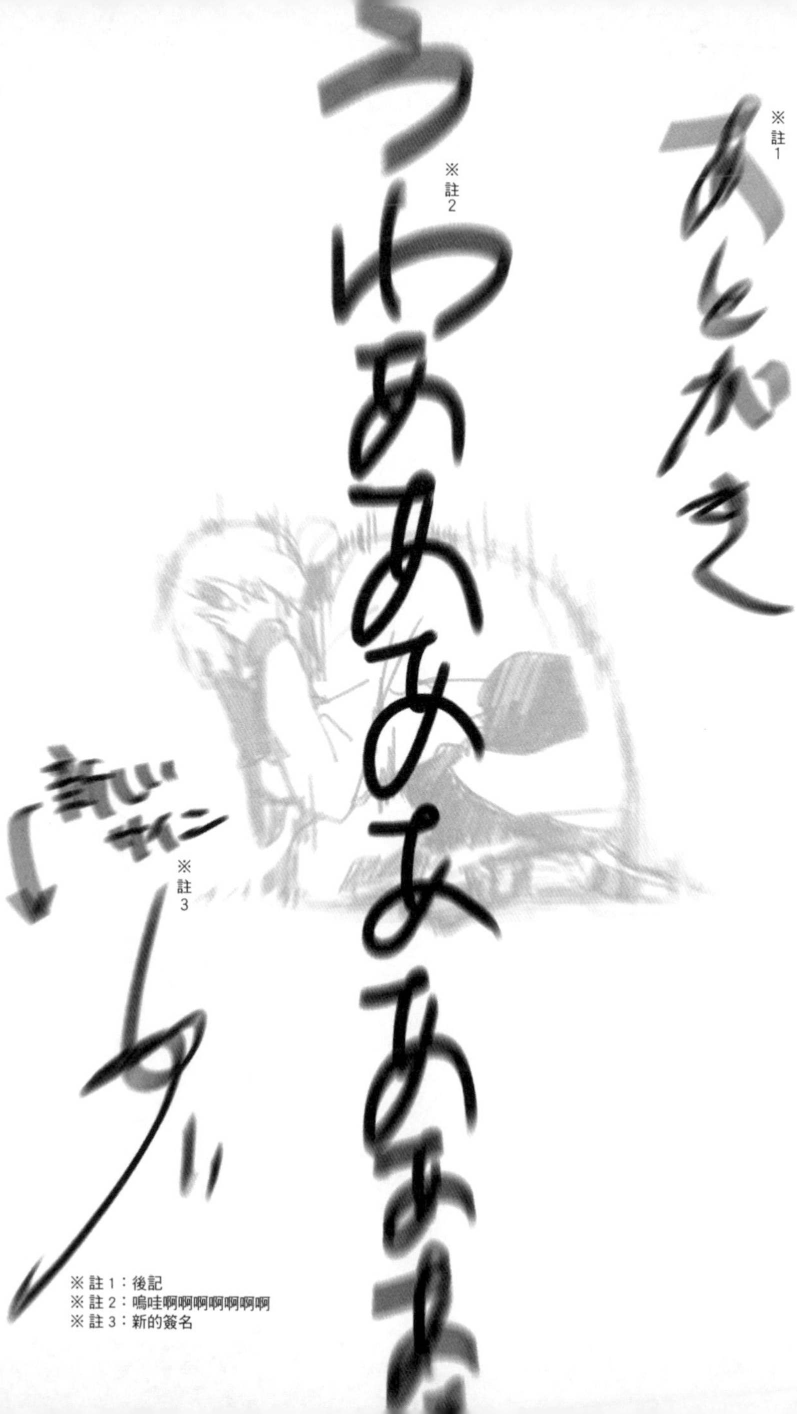

※註1：後記
※註2：嗚哇啊啊啊啊啊啊啊
※註3：新的簽名

第三集封面草稿

內文插圖1草稿

內文插圖2草稿

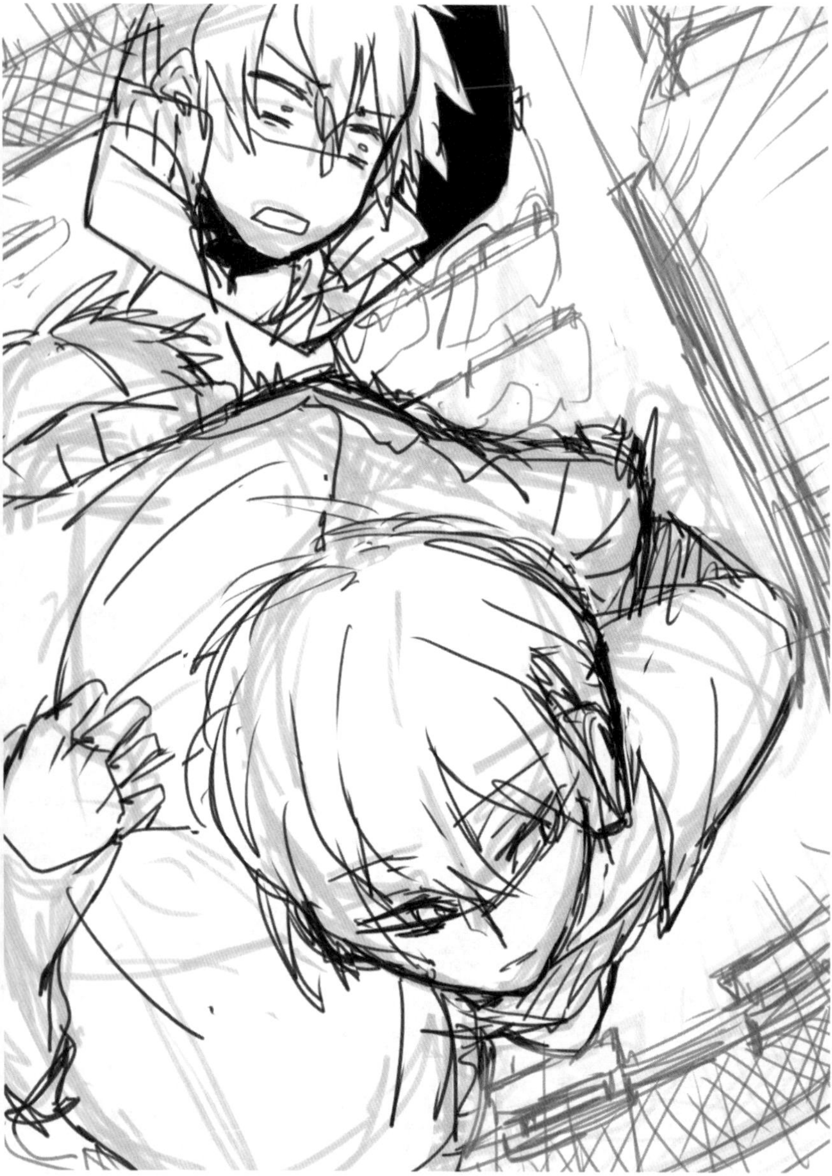

內文插圖3草稿

內文插圖4草稿

內文插圖5草稿

初期版本

採用版

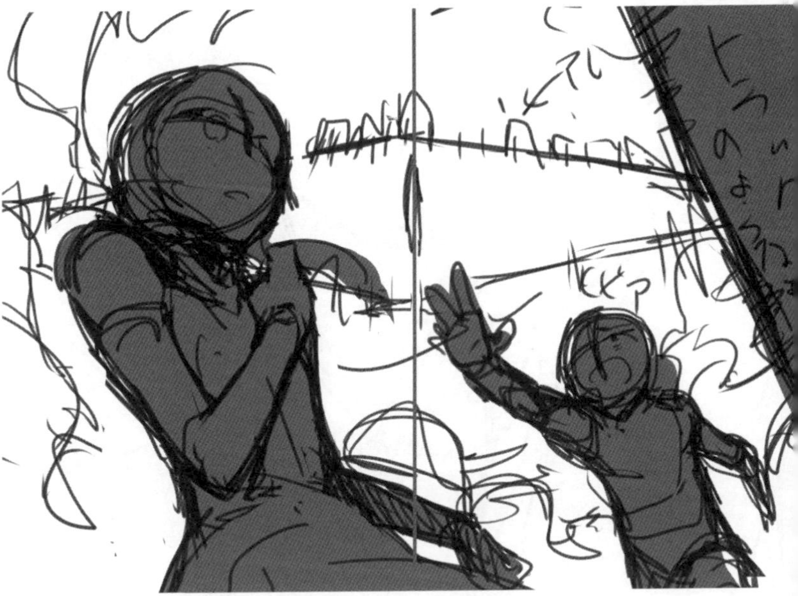

內文插圖7草稿

內文插圖8草稿

內文插圖6草稿

正太KANO
還很整齊的
瀏海
總是笑得很不自然
一樣是貓眼
有朋友，
不過玩太久
父母會生氣
因為很短，
所以超級細軟髮
淡淡的髮色
是天生的
聰明
因為總是穿著
長袖長褲，
偶爾會讓人
感覺不舒服
還算開朗
喜歡黑色
樸素的運動鞋

角色設定圖「幼年的KANO」

角色設定圖「幼年的SETO」

角色設定圖「幼年期的KIDO」

角色設定圖「KONOHA角色設計初期版本」

國家圖書館出版品預行編目(CIP)資料

KAGEROU DAZE陽炎眩亂. 3, the children reason
/ じん(自然の敵P)作 ; 劉蕙瑜譯.
-- 初版. -- 臺北市 : 臺灣角川, 2014.06
面； 公分.

譯自：カゲロウデイズ. 3, the children reason
ISBN 978-986-325-986-2（平裝）

861.57 103008250

Kadokawa Fantastic Novels

KAGEROU DAZE 陽炎眩亂 3

-the children reason-

（原著名：カゲロウデイズ Ⅲ -the children reason-）

2014年6月25日 初版第1刷發行

作　　者：じん（自然の敵P）
插　　畫：しづ
譯　　者：劉蕙瑜

發 行 人：塚本進
總　　監：施性吉
副總編輯：蔡佩芬
主　　編：吳欣怡
文字編輯：楊鎮遠
美術副總編：黃珮君
美術主編：許景舜
印　　務：李明修（主任）、張加恩、黎宇凡、張則蝶

發 行 所：台灣角川股份有限公司
地　　址：105台北市光復北路11巷44號5樓
電　　話：（02）2747-2433
傳　　真：（02）2747-2558
網　　址：http://www.kadokawa.com.tw
劃撥帳戶：台灣角川股份有限公司
劃撥帳號：19487412
法律顧問：寰瀛法律事務所
製　　版：尚騰印刷事業有限公司
ＩＳＢＮ：978-986-325-986-2

香港代理：香港角川有限公司
地　　址：香港新界葵涌興芳路223號
　　　　　新都會廣場第2座17樓 1701-02A室
電　　話：（852）3653-2804

First published in Japan in 2013 by KADOKAWA CORPORATION ENTERBRAIN
Chinese translation rights arranged with KADOKAWA CORPORATION ENTERBRAIN